Lisi Schuur
und
Eike M. Falk

Im Märchenwald
eine Erzählung

© 2016, Lisi Schuur und Eike M. Falk

Herstellung und Verlag:
BoD - Books on Demand, Norderstedt
ISBN 978-3-7392-3575-2

Ach, es ist so groß, so unendlich,
das Reich der Liebe,
und doch umschließt es
das menschliche Herz.
(Bettina von Arnim)

Wie schön es ist in meinem Märchenwald.
Hier bin ich gerne und ohne Angst. Wenn es knackt und rauscht fühl ich mich wohl.
Ein Schatten, der mir folgt. Wie lange schon, weiß ich nicht mehr. Ich musste ihn ja erst einmal wahrnehmen. So ein kleines bisschen Schatten fällt ja nicht auf. Jedenfalls mir nicht. Ich kenne viele kleine bisschen Schatten.
Irgendwann wurde er aber größer. Ihr wisst schon, dieser Schatten von vorhin. Der doch so schnell gewachsen ist.
Er ist da. Ich fühle es genau. Wie oft er mich schon begleitet hat. Was er sich wohl von mir verspricht?
Aber dich, mein lieber alter Baum, dich würde ich gerne fragen, warum deine Wurzeln so bloß liegen. Kann man sich mit solchen Wurzeln eigentlich fortbewegen?
Ich jedenfalls möchte mich fortbewegen.
Ob er mich hören kann?
Wenn ich fest an ihn denke, vielleicht verschiebt sich ein Bild.
Er wird schon nicht so knorrig sein wie du. Wenn er da sitzt und mich prüfend ansieht. So, wie es ein Maler macht. Irgendwie gefällt er mir. Aber mir gefällt so vieles.
Und dann war da der Tag, da hat er gefragt und nicht nur geschaut.
Darf ich sie malen?

Eine Landschaft willst du malen? Dann gehe ins Moor, rieten sie mir, dort soll es ein ganz besonderes Licht geben.
Ob denn schon viele Maler vor mir danach gefragt hätten, wollte ich wissen.
Nur vor Jahren einmal. Da hat sich einer dorthin auf den Weg gemacht. Doch der sei nicht zurückgekehrt.
Nur wenige Menschen, musst du wissen, leben im Moor. Arme Kätnerbauern sind es, die von der wenigen Landwirtschaft, die ihnen das Moor ermögliche, doch in besonderer Weise vom Torfstechen ihr kärgliches Dasein begründeten.
Nur an Markttagen würden sie mit ihren Lastkähnen die Stadt aufsuchen. Ansonsten blieben sie ganz unter sich, denn wer sonst schon wolle sich ins Moor begeben, unwirtlich und schwer zugänglich wie es ist.
Schweigsam und zurückhaltend seien sie, diese Menschen, doch freundlich auch, wenn man ihnen freundlich begegne. Für ein geringes Entgelt würde ich gewiss eine Unterkunft finden. Wenn ich denn also eine große Landschaft malen wolle, nirgendwo sonst sei sie zu finden wie eben da.
Ich bedankte mich, und folgte dem mir gewiesenen Weg entlang des kleinen Flusses, der sich ins Moor hinein verlieren sollte.
Ein strahlender Frühlingstag war es, das ruhig dahin fließende Gewässer, flache Wiesen zur Seite und dunkelblaue Wälder, die sich, den

Kulissen einer Theaterbühne ähnelnd, in der Ferne zeigten. Dazu der tiefe und scheinbar ins Unendliche sich erweiternde Himmel, über den die weißen Wolken flogen, im Wasser sich spiegelnd mir zur Gesellschaft.

Die alte Weide
flüstert mit dem Wind
sie steht gebeugt
und tief ins Wasser
biegend lässt sie
ihre Zweige hängen
worinnen sich die
Frösche wiegend
ihr Konzert anstimmen

Wenn du mich so anschaust, du Großer, mit deinem Lamellenhut, dann fällt mir die Geschichte vom Fliegenpilz ein.
Nein, es war keiner, wie man ihn kennt. Er hatte außer seinen weißen Tupfen drei schwarze. Ich beschreibe euch wo sie waren. Wenn man den Hut in Viertel aufteilte, saßen im oberen linken Viertel diese unpassenden Tupfen. Diese Beschreibung wird euch nichts nützen. Ihr wisst ja nicht, von welcher Seite ich den Pilz betrachtet habe. Aber sei's drum. Märchen passen in meinen Wald. In euren auch?
Ich malte mir schlimme Dinge aus. Mit dem Fliegenpilz war ich mächtig. Ich könnte jeden töten, wenn ich es wollte. Ja, gemein wie ich war (oder bin ich es), hätte ich dem zu Tötenden nur die schwarzen Punkte gezeigt. Die weißen hätte ich sorgfältig mit meinen Händen abgeschirmt.
Dann hätte ich mich töricht gestellt.
Ob man diesen Pilz wohl essen kann? Er hat schwarze Punkte. Und der Unwissende hätte geantwortet.
Wenn er keine weißen Punkte hat, dann auf jeden Fall.
Und mein Gesicht hätte so töricht es ging dreingeschaut. Aber gleichzeitig auch liebreizend. Mir fällt so etwas gar nicht schwer.
Probiert es doch auch mal aus.

Würdest du mir zuliebe ein Stückchen davon probieren? Damit ich sicher sein kann. Ach, bitte, es wäre sehr nett.
Und mein Liebreiz hätte ihn zum Kosten verführt.
Oh, wie spannend zu sehen, wie er die Augen verdreht.
Na ja, zum Glück kam mir kein Feind entgegen.
Und wie sich die zarten Blumen an dich schmiegen, du schöner Pilz hier neben mir.

Meist waren es Birken, die das Ufer bestanden.
Die Wiesen wurden weniger, vermischten sich mit Sumpfgräsern, bis sie zur Gänze sich in Moorlandschaft aufgelöst hatten. Krüppelige Bäumchen, wie Streichhölzer so dünn, standen darin, Tümpel, kleine Seen blitzten dazwischen auf.
Was wohl mit mir geschehen würde, wenn ich vom Weg abwiche, überlegte ich mir. Es war ein abgrundtiefes Versinken, dessen schien ich mir gewiss.
Doch der Weg, glücklicherweise, verlief weiterhin in beruhigender Breite zur Seite des Flüsschens. Nur von einer menschlichen Behausung war nichts zu erblicken.
Die Dämmerung nahte, und ich hegte bereits die Befürchtung mein Nachtlager unter einem der das Ufer säumenden Bäume aufschlagen zu müssen, als ich in einiger Entfernung Rauch aufsteigen sah.
Ich strebte darauf zu, und richtig, es handelte sich um eine jener flachen reetgedeckten Katen, die, wie ich bald feststellen sollte, so typisch für die hiesige Landschaft waren.
Diese Häuser machten von außen bereits einen heimeligen Eindruck, in ihrem Inneren waren sie es noch mehr, und sie waren oft von erstaunlicher Größe, was mich zunächst verwunderte, da man mir die Bewohner doch als dermaßen arm geschildert hatte.

Doch es bestand Platz zur Genüge, wenn man es dem Moor abzugewinnen verstand, auch an Baumaterialien fehlte es nicht, und die Menschen hier verwendeten viel Zeit darauf ihre Behausungen so schön und angenehm als es eben möglich war zu gestalten.
Die Kate, der ich mich nun näherte, gehörte zu den Geringeren ihrer Art.
Zögerlich klopfte ich an, und eine freundliche Frauenstimme hieß mich einzutreten.
Mann und Frau nebst fünf Kindern drängten sich in der kleinen doch wohligen Stube. Sie alle waren blond und groß gewachsen und wirkten überraschend stolz inmitten der armen Umgebung. Kaum dass ich um Obdach zu fragen wagte, wurde ich bereits dazu eingeladen, auch solle ich gleich am Tisch mit Platz nehmen, es würde bald aufgetragen.
So war es auch, und zu neunt umsaßen wir den grobgeschnitzten, doch geräumigen Tisch, denn auch ein altes Großmütterchen gesellte sich hinzu, die ich zunächst nicht wahrgenommen hatte, da sie im Schaukelstuhl hinter dem Ofen gesessen.
Es gab Kartoffelsuppe und Brot zum stippen, auch eine Schwarte Speck fehlte nicht, von der sich jeder nach Belieben abschneiden durfte. Hölzerne Becher standen bereit, die von der Hausfrau mit Buttermilch befüllt wurden.

Ob der Maler sich auskennt hier im Moor? Einmal hab ich ihn gefragt, ob die Stadt keine schönen Motive hat. Er schien wie geistesabwesend, schüttelte den Kopf, und bat mich mein Haar zu öffnen.
Er meinte so in etwa, dass das Moor lange, offene Haare vertrüge.
Dabei schaute er nur die Birken an, als ich begann mein Haar zu entflechten. Nicht ganz allerdings. Ich habe einen Blick von ihm aufgefangen.
Und als ich lächelte, nickte er mir kurz zu. Mir war, als würde er durch mich hindurch sehen.
Und weil ich ihn in der Nähe weiß, hab ich mich heute besonders schön gemacht. Ich trage heute ein blaues Kleid.
Nicht, dass ihr jetzt etwas Falsches denkt. Aber ich hab ihn beobachtet, als er sich am Himmel versuchte.
Ja, das hört sich schön an, oder nicht? Sich am Himmel versuchen.
Aber es war tatsächlich so. Ihm schien das Blau nicht zu gefallen. Das ist ja klar. Wer hat denn die Farben hergestellt? Bestimmt war derjenige noch nie im Moor. Der Himmel dort ist anders. Ihr müsst ihn euch unbedingt ansehen. Ich lade euch ein.

Wie ich eben einen Schluck Buttermilch probierte sah ich aus dem Dunkel der Stube einen Graureiher mit langen staksigen Beinen gravitätisch auf mich zu stolzieren und wie selbstverständlich neben mir Platz nehmen.
Neugierig beäugte er mich durch die Gläser einer großen Nickelbrille hindurch.
Verzeihung, sagte er, wenn ich aufdringlich erscheine, aber es kommen nicht allzu häufig Fremde zu uns ins Moor, darf ich vielleicht nach dem Grund ihres Besuches fragen?
Aber gerne, erwiderte ich, ich bin ein Maler, und mir ist nach einer weiten, freien Landschaft mit einem großen Himmel darüber im Sinn, die ich in all ihrer Schönheit und Vielgestaltigkeit auf Papier und Leinwand zu bannen gedenke.
Nun freilich, entgegnete der Reiher, da seid ihr hier nun am rechten Ort, nur frage ich euch, habt ihr denn jemals einen roten Mond gemalt?
Einen roten Mond? fragte ich verständnislos dagegen.
Durch meine Augen betrachtet, erklärte der Reiher, und schob sich seine Brille zurecht, ist der Mond rot.
Wenn ihr es gerne so hättet, meinte ich, wäre ich jederzeit bereit euch einen roten Mond zu malen.
Und einen Fisch? fragte er hastig hinterher und sah mir recht eindringlich in die Augen dabei.
Aber gewiss, entgegnete ich, ein ganzes Fuder könnte ich euch malen ...

Da – schwanden mir die Sinne, es wurde schwarz mir vor Augen, bis eine monotone Stimme, die mich ob ihres hohen Fisteltones mit größtem Unbehagen erfüllte, mir leise ins Ohr flüsterte:

Blasius, Flasius
Pendulum drehen
Magst uns sehen?
Magst uns sehen?
Aus Neun wird Zehn
Die Zehn vergeh´n
Zum sehen verhelf
Da naht schon die Elf
Die neigt sich zur Zwölf

Und mit einem Male brach ein ungeheures Getöse, Geschrei und Gekreische auf.
Geisterstunde! Geisterstunde!
So schrie, brüllte, tobte es rings um mich her, wie wenn eine ganze Kompanie unheiliger Wesen über mich hereinbrechen wollte.
Ich fuhr auf, die Augen starr geöffnet. Und da waren sie. Gestalten, einem Alptraum entsprungen.
Einen Iltis sah ich, der ein Hirschgeweih trug, einen Dachs mit einem Storchenschnabel, einen Igel, dessen Kopf sich zu dem einer Gans gebildet hatte.

Solcher und ganz anderer, abscheulicherer Art noch waren die Gestalten, die mich dicht an dicht umdrängten.
Der Dachs klapperte vor meinen Augen umher.
Ich zappelte mit den Armen, strampelte mit den Beinen. Wohl werde ich auch geschrien haben.
Bis eine Hand mich sanft berührte.
Es war der Hausherr, der mich aus dem unruhigen Traum erweckte und mit ernsten Augen betrachtete.
Dass ich am Tische eingeschlafen sei, den gestrigen Abend, kaum dass ich einen Schluck Buttermilch getrunken, erzählte er mir. So habe man mich hier in der kleinen Kammer gebettet.
Ich, meinerseits, berichtete ihm von dem, was mir widerfahren.
Er nickte bedeutungsschwer mit dem Kopf.
Nichts Neues sei es ihm, was ich da erzählte, den meisten Fremden, die hierherkämen, erginge es gleichermaßen, die Gase seien es, die aus dem Moor entwichen und zu Kopfe stiegen. Sie, die hier groß geworden, freilich, seien gefeit dagegen, und auch ich würde mich gewiss eingewöhnen. Seltsame Geschöpfe lebten im Moor und in den Wäldern, das sei schon wahr, doch solche, wie ich sie gesehen, da könne er mich beruhigen, seien nicht darunter.

Wisst ihr überhaupt, dass das Moor einen Teppich tragen kann? Im Frühjahr geh ich darum auf die Reise. Jedes Jahr mach ich das. Ich lege mich auf den Moorteppich und hebe ab. Es wird euch nicht verwundern. Ihr kennt bestimmt den fliegenden Teppich, und wisst, was ein Teppich alles kann.
Meiner ist weiß und besteht aus Wollgras. Ganz kuschelig ist es, darin zu liegen.
Auf dem Teppich liegend seh ich die Bekassine. Sie übt den Sturzflug.
Der kleine Moorfrosch, den ich liebgewonnen habe, äugt mich dann etwas ängstlich an. Ach, ruf ich ihm zu, hab keine Angst vor der Himmelsziege. Sie meckert zwar viel, aber du bist ihr zu groß.
Den Maler hab ich auch einmal gefragt, ob er mit mir auf dem Teppich reisen will.
Aber er hat keine Antwort gegeben. Er hat einfach weitergemalt. Dann kannst du mich nicht mehr sehen. Ich bin dir entschwebt. Und wenn du dich nicht erinnern kannst, dann kannst du mich nicht malen. Bis ich wieder da bin.
Dann bleib gefälligst hier, hat er gerufen. Ich muss dich malen, unbedingt, das weißt du doch. Dieses 'gefälligst' hat mir gar nicht gefallen. Insgeheim hab ich mir vorgestellt, wie er mich suchen würde. Weil er sich nicht erinnern kann. Er würde sich verirren. Nur um mich zu finden.

Das hätte doch was. Das wäre reizvoll, oder bin ich jetzt böse?
Ich hab ein Rendez-vous mit meiner Phantasie. Ich freue mich darauf. Ich werde zu ihr eilen.
Geträumt hab ich in der Nacht von einem Schloss.
Das Wichtigste war die Geisterkammer. Ich war unsterblich und konnte mich ohne Furcht zwischen den Geistern bewegen.
Töten wir ihn, wenn er kommt. Eine wütende Stimme und ich sah Feueraugen in einem bleichen Gesicht.
Puuh, zum Glück war ich nicht gemeint. Ich bin ja eine Sie.
Ich wollte gerade nachfragen, da streifte mich etwas. Ein Kälteschauer überfiel mich. Das zweite Paar Feueraugen sah ich. Und etwas, das aussah wie ein Schwert, durchschnitt mit scharfem Ton die Luft.
Ich bin es nicht, den ihr töten wollt, rief ich schnell.
Aber sie beachteten mich nicht, und ich entfernte mich.
Aber unten im Hof, konnte ich den Prinzen sehen. Seinetwegen war ich wohl gekommen.
Ich muss es euch gestehen.
Er war wunderschön. So schön können nur Prinzen sein. Wie gemalt sah er aus. Ein schöner Mann. Mehr muss ich nicht sagen. Ihr wisst ja wie ein schöner Mann aussieht.

Wenn er mitkäme, würde ich den Maler bitten, ihn zu malen.
Für meine Erinnerung. Aber er ist nicht mitgekommen. Ich hab ihn gefragt. Und hab ihn umarmt.
Etwas zu fest vielleicht.
Lass mich gefälligst los, hat er gerufen.
Und dieses 'gefälligst' mag ich doch nicht leiden. Und er sah tatsächlich ein wenig aus wie der Maler, als er das sagte.
Ich war verstört. Aber nur kurz. Ich hab einfach aufgehört zu träumen. Ganz einfach war das.

Der Hausherr begleitete mich zum Fluss hinunter, damit ich mich etwas erfrischen konnte.
Dort sah ich zum ersten Male einen jener Lastkähne liegen, mit denen die Moorbewohner den Torf zur Stadt hin beförderten. Ich studierte ihn eingehend und bewunderte dessen schwarze Segel.
Der Hausherr erklärte mir, dass sie, die hier wohnten, fast ausschließlich vom Torfabbau lebten. Da das Moor gleich hinter dem Weg beginne, stünde nur wenig Platz zur Verfügung, es reiche gerade einmal für einen bescheidenen Garten und etwas Vieh, das sie entlang des Ufers weiden ließen.
Es sei aber nur hier so, sehr bald würde ich an festes Land kommen, auch große Waldungen seien zu erleben, ich würde es früh genug feststellen können, wenn ich meinen Weg fortsetzte. Auch belebter sollte es nun werden, Häuschen wie das ihre, würden allenthalben verstreut am Ufer liegen, auch zum nächsten Dorf, Mummel geheißen, sei es nicht weit. Mummel an der Mümme, denn dies sei der Name ihres Flüsschens, das ich dort, in Mummel, allerdings verlassen würde. Der Weg würde mich fortan landeinwärts führen, einen großen Wald galt es zu durchqueren bis ich nach Mädesüß käme, von wo aus sich das Land weit öffnen würde. Eine lose Folge von Feld, Wald und Moor würde nun das Bild bestimmen,

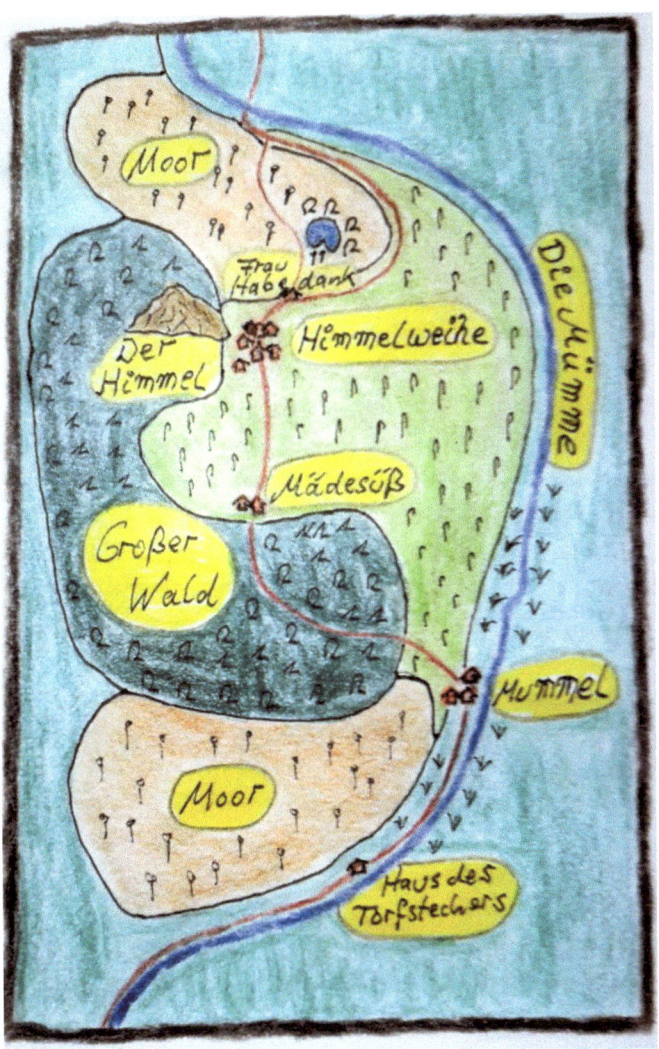

ineinander übergehend einen eigentümlichen Reiz bezeugend.
Schließlich würde ich Himmelweihe erreichen, den Ort, der etwa im Zentrum ihres Moorlandes liege. Dort solle ich bleiben, wenn er mir raten dürfe, es würde sich leicht eine Unterkunft finden, viele Arme gebe es, alte Witwen zumeist, die sich gerne etwas Zubrot verdienten, es würde mich nicht teuer zu stehen kommen.
Von Himmelweihe aus sei es mir möglich alles zu erreichen, wonach mein Herz begehre, auch die Mümme flösse wieder nahebei.
Auch die höchste Erhebung des Landes sei hier zu finden, gleich oberhalb des Dorfes erhebe sie sich, stolze 77 Meter über dem Meeresspiegel, die Menschen hier würden den kleinen Berg der Einfachheit halber den Himmel nennen, an guten Tagen wäre vom Gipfel aus sogar das Meer zu erblicken möglich.
Würde ich Himmelweihe heute noch erreichen wollen, müsse ich schon einen sehr strammen Fußmarsch hinlegen. Das sei aber gar nicht notwendig, und wenn er mir einen weiteren Rat geben dürfe, so solle ich doch in Mädesüß am Wald übernachten, die Menschen seien überall gastfreundlich.
Ich bedankte mich und erklärte mich gerne bereit all seinen Ratschlägen Folge zu leisten.
Ich wurde noch zu einem herzhaften Frühstück geladen, fertigte in dessen Verlauf einige Portraitskizzen der Familie an, auch des Hauses

mit dem Kahn und dem Fluss im Hintergrund wurde gebührend bedacht.
Einiges davon überreichte ich meinen Gastgebern als Geschenk für die freundliche Aufnahme, da sie weiteres partout nicht in Empfang nehmen wollten.
Freundschaftlich verabschiedeten wir uns, und wohlgemut machte ich mich auf den Weg.
Der böse Traum der vergangenen Nacht erschien mir bereits wie ein entfernter Spuk. Die Welt war schön, die Sonne lachte, die Wolken, wie frisch und frei sie über den blauen Himmel flogen. Ihnen zu folgen war mein Ziel.
Eine Sehnsucht wuchs auf aus meinem Herzen, wie ich sie noch nie erlebt. Es drängte mich danach jenen Ort zu erreichen, der einen solch poetischen und verheißungsvollen Namen trug. Himmelweihe. Dem Himmel geweiht. Und dem Himmel so nahe. Was musste es doch für ein Glücksgefühl sein diesen Berg zu ersteigen und sich dem Himmel nahe fühlen zu dürfen.
Dort, so kam es mir in den Sinn, sei alles möglich und alles zu erreichen, wonach ich jemals gestrebt und gesehnt.
So, und in diese Richtung schwebten meine Gedanken, und ich schritt, trotz des schweren Bündels, das ich geschultert trug, tapfer aus, alle Lieder von munteren Wandergesellen und verwegenen Wanderfahrten singend, die mir aus dem Wunderhorn noch in Erinnerung geblieben waren.

Ihr habt euch vielleicht schon gefragt, ob ich einen Namen habe. Ich bin Gjóla. Das bedeutet leichter Wind, der auch mal stärker sein kann. Es kommt darauf an, wie ich mich fühle.
Ein leichter Wind kann säuseln. Ich kann das wirklich gut. Mal hier, mal da. Überall mal eben. Ich bin beim Säuseln immer nett.
Na ja, nur säuseln ist langweilig. Leichter Wind, der auch stürmisch werden kann. So beschreib ich mich.
Und ich lass mich nicht festlegen.
Ich möchte gerne frei sein. Wie der Wind.
Ich hab dem Maler erzählt, wie ich heiße. Und er fand meinen Namen schön. Kannst du meinen Namen malen?
Ich will es versuchen, hat er gesagt. Aber es ist ihm nicht richtig gelungen.
Ich hab in mich hinein gekichert. Es liegt daran, dass ich mich nicht festlegen lasse. Euch hab ich das ja gerade verraten. Aber ihm nicht. Also probiert er ständig den Wind zu malen. Und ich schüttele nur den Kopf.
Nein, so bin ich nicht. Sag ich dann.
Ach was, ruft er dann. Es ist ja nicht schlimm, wenn ich deinen Namen nicht malen kann. Dich kann ich malen.
Und dann säusel ich ihm was vor. Ja, das kannst du. Sag ich dann. Obwohl er mich doch nicht hundertprozentig hinkriegen wird. Wenn er noch nichtmals meinen Namen malen kann. Ihr wisst schon.

*Ich kann dich leicht berühren
und bin dann wie ein Hauch
ich kann auch stürmisch werden
und bös sein kann ich auch*

Das ist mein Lied. Ich hab es mir ausgedacht. Es klingt wunderschön. Finde ich jedenfalls. Ich singe es oft.
Hier, in meinem geliebten Moor, kennt es jeder.
Der Maler kennt es auch. Er hat sogar gelacht.
Und wisst ihr, was er gesagt hat.
Du bist ganz schön eigenwillig.
Und das hat mir sehr gefallen. Und ich hab mein Lied gleich nochmals gesungen.

Gjóla, die Eigenwillige.

Das ist perfekt. Ich liebe ihn dafür.
Also, nicht dass ihr jetzt etwas Falsches denkt.
Man kann ja jemanden hierfür und hierfür und hierfür lieben.
Und ich liebe ihn für dieses ' hierfür '.
Die anderen ' hierfürs ' muss ich noch finden. Er hat ja sicher ganz viele davon.
Wo bleibt er nur. Ich lege mich schon mal malerisch hin. Das wird ihm gefallen.
Und ob ihm das Blau meines Kleides gelingt?

Kinder, die jauchzend ins Wasser sprangen, dazu eine Sonne, die alles bunt bemalte, mir war, als ob ich in einem Märchenbuch mich wiederfände und darin spazieren ginge.
Schon weit vor Mittag hatte ich Mummel erreicht. Ich nahm Einkehr in einem Gasthof, unterhielt mich mit den Leuten, und erfreute mich an ihrer ruhigen, bestimmten Art.
Noch am späten Nachmittag, weit vor Dunkelwerden also, würde ich den Wald durchquert und Mädesüß erreicht haben, selbst wenn ich mir Zeit ließe.
Ich berichtete von einigem, was ich in der Stadt aufgeschnappt hatte und ihnen von Interesse sein könnte. Man nahm es dankbar auf und wünschte mir viel Glück und gutes Gelingen bei meinem Tun.
Nun also der Wald, sagte ich mir. Den ich schon bald erreicht hatte. Und was für ein Wald das war! Ein richtiger Urwald, das wurde mir schon bald sehr deutlich. Ein Wald, in den der Mensch noch nie lenkend eingegriffen hatte.
Welch ein üppiges Unterholz und Sprießen an allen Stellen. Das war ein Wald in dem ich mich verirren konnte, fast wie ein Wunsch blitzte dieser Gedanke in mir auf.
Welche Kreaturen darin wohl leben mochten? Nein, solche wie in meinem Traum würden es wohl nicht sein, darauf hatte mein freundlicher Gastgeber doch deutlich genug hingewiesen. Doch Wurzelmännlein, Kobolde und Nixen,

sofern sich Seen darin befinden mochten, woran ich keinen Zweifel hegte.

Am Wegesrand fiel mir ein Fliegenpilz ins Auge. Das fand ich überraschend, es schien mir nicht die Jahreszeit für ihn zu sein. Auch war er größer, viel größer noch als alle seine Artgenossen, die ich je gesehen. Ich beugte mich zu ihm hinab.

Es ist mir eine Ehre, sprach ich, ihre Bekanntschaft zu machen, Herr Fliegenpilz. Und kam mir schon im nächsten Augenblick recht albern dabei vor.

Als ob er meinen Gedanken erraten hätte, verfinsterte er sich, und schwarze Tupfen statt der weißen schienen auf seinem runden Köpfchen aufzusprießen.

Ich strich mir über die Augen. Da war es wieder vorbei. Und doch war es geschehen. In diesem Wald, so wusste ich nun, waltete ein Zauber. Eine Rötelmaus huschte an meinen Füßen vorbei und richtete sich vor dem Fliegenpilz auf ihren Hinterbeinen auf.

Ob die Rötelmaus gekommen war, dem Pilz eine Nachricht zu übermitteln? Oder war es umgekehrt so, dass er eine Botschaft in Empfang zu nehmen hatte? Ein Gefühl stieg in mir hoch, dass ich nicht lauschen sollte. Leise entfernte ich mich.

Na sowas, sagte ich mir, wo bin ich hier nur hingeraten. Ein wenig unheimlich wurde mir schon zumute.

In Gedanken versunken schritt ich weiter aus.
Für eine Weile schien es, als ob ein Buntspecht
mir, von Baum zu Baum sich schwingend, folgte.
Doch mochte dies bloß ein Zufall sein.
Wie vorausgesagt erreichte ich den Waldessaum
bei hellem Tageslicht.

Ich werde heute nicht sehr lange hier bleiben. Ich hab noch viel vor. Vor Jahren hab ich mich mit einer alten Frau angefreundet. Es ist eine kluge Dame. So kann man es sagen.
Sie hat mir gezeigt, wie man die Sonnenuhr liest. Sie hat sich eine gebastelt. Und verlässt sich stets darauf.
Ich kann dank ihrer Hilfe jetzt die Uhrzeit ablesen. Und das Beste ist. Sie funktioniert auch ohne Sonnenlicht.
Ich wollte es ihr nicht glauben. Aber sie weiß die Uhrzeit immer.
Man muss sich auf die Sonne einstimmen, sagt sie. Dann ist es ganz leicht.
Aber wenn sie gar nicht da ist. Dann sind wir aber aufgeschmissen, oder nicht?
Dann musst du eben andere Beobachtungen anstellen. Du musst dir die Pflanzen und Tiere ansehen. Zu welcher Zeit sind sie besonders aktiv. Dann merkst du dir die Zeit. Und speicherst sie im Kopf. Auch ohne Sonne weißt du dann Bescheid.
Und dann hat sie einen Bedeutungssatz gesagt.
Es geht nicht um Minuten. Es geht um die Rundung der Zeit. Sie wird übrigens auf Stunden gerundet. Und Achtung: es folgt der Satz.
Die Zeit rundet sich ab in uns.
Meine Güte. So ein Satz ist doch wirklich ein Bedeutungssatz.
Ich war begeistert. Und zusammen haben wir

die Zeit gerundet. Auf- oder abgerundet. Mittlerweile bin ich eine Meisterin des Rundens. Meine Familie versteht mich nicht. Sie machen mir Vorhaltungen. Ich soll pünktlich sein, verlangen sie.

Ich habe ihnen erklärt, dass es nicht auf Pünktlichkeit ankommt. Sie wollen nichts davon wissen.

Aber, ich will ehrlich sein. Manchmal hänge ich auch an der Pünktlichkeitsregel. Dann verwerfe ich den Bedeutungssatz einfach. Ich sag es euch, weil ich euch vertraue.

Wenn ich Hunger habe, ist mir die Pünktlichkeit sehr recht.

Ich werde die alte Dame fragen, ob es auch einen Gegen-Bedeutungssatz gibt.

Das würde aber bedeuten, dass man sich entscheiden muss. Das wird sicher schwierig sein.

In diesem Fall für oder gegen die Pünktlichkeit. Oder für oder gegen die Rundung der Zeit.

Oh, ich glaube da seh ich den Maler. Er sieht abgekämpft aus.

Ein Fuhrwerk hielt neben mir an. Ein Mann mittleren Alters lenkte es und hieß mich aufsteigen.
Ich weiß, sagte er und lächelte dabei, es ist nicht weit zum Dorf, ihr würdet es gewiss zu Fuß noch schaffen, doch seht ihr mir ganz nach einem wandernden Gesellen aus, da seid ihr bei mir an den richtigen geraten. Wisst ihr was? ich nehme euch gleich mit zu mir nach Hause.
Er stellte sich mir als Zimmermann und Dachdecker vor, auch das Hufschmiedehandwerk sei ihm vertraut, wenn es darauf ankäme.
Dass ich ihm dabei wenig von Nutzen sein könnte, lachte ich und stimmte damit in sein fröhliches Wesen ein, sprach von meiner Profession, und warum ich mich auf einige Zeit in Himmelweihe niederzulassen gedenke.
Aber nicht doch, nicht doch, wehrte er meinen Bedenken, gewiss seid ihr viel herumgekommen, wie auch ich in jungen Jahren, es werden sich vielerlei Übereinstimmungen finden lassen, darüber hinaus habe ich lange nichts mehr von der Welt dort draußen erfahren.
Bald saß ich im Kreise seiner zahlreichen Familie. Er köpfte sogar ein Fläschchen Wein mir zu Ehren.
Richtig fanden sich mancherlei Anknüpfungspunkte. Da gab es Kirchen, Klöster, Schlösser gar, in denen wir beide unseren unterschied-

lichen Künsten und Handwerken nachgegangen waren.
Ich befragte ihn nach dem Wald, der mir so eigenartig und zauberhaft erschienen.
Oh ja, sagte er, der Wald, und seine Stimme erhielt einen eigentümlichen Klang.
Und dann erzählte er mir, dass er sich noch weiter erstrecke, als ich wohl annehmen mochte, in anderer Richtung nämlich bis nach Himmelweihe, wo er den Himmel berühre.
Den Himmel? Oh ja – den Berg. Ich verstehe.
Und wenn ihr meine Meinung erfahren wollt, so besitzt dieser Wald ein eigenes Ich, stellt, wenn ihr versteht was ich meine, in gewisser Hinsicht eine Summe aller derjenigen dar, die darin lebten, gleich welcher Gestalt sie auch seien.
Und ich verstand und fragte nach, und wie ich vermutet erklärte er mir, lebten darin viele sonderbare Geschöpfe, die man einzig in Mythen und Legenden zu suchen geneigt sei. Doch sei es wahr.
Vieles wüssten die Menschen hierherum zu berichten, auch er selbst habe so einiges erlebt, und wenn ich denn länger zu bleiben gedächte, würde auch ich so manches in Erfahrung bringen können, wohl gar selbst Bekanntschaft mit den Geschöpfen des Waldes und der Moore schließen.
Manche dieser Geschöpfe, fuhr er fort, insbesondere solche aus dem großen Gnomenstamme, schließen sich gerne auch dem

Menschen als Hausgeister an, ob zum Guten oder zum Schlechten hinge davon ab, wie man ihnen gegenübertrete.
Verlassen allerdings könnte man sich darauf nicht, selbst wenn man ihnen eine ansehnliche Herberge und ausreichende Verpflegung böte. Manche seien von Natur aus faul, andere sogar bösartig. Sie ließen das Vieh im Stall siech werden und das Korn auf den Halmen verdorren. Es sei nicht immer leicht sie dann loszuwerden, denn jedes dieser Geschöpfe trüge sein eigenes Geheimnis in sich.
Ich folgte dieser und anderen Erzählungen mit größter Aufmerksamkeit.
Und schon wieder war da dieses Gefühl in mir, als ob es das Selbstverständlichste von der Welt sei, dass sich solches ereigne.
Für das mir Dargebotene revanchierte ich mich mit einer Geschichte vom Ritter Parzifal, die ich einstmals in Frankreich vernommen hatte. Da war der Ritter Parzifal in einen großen Wald geraten. Und inmitten des Waldes erhob sich ein prächtiges Schloss. Doch keine Menschenseele war darin zu finden wie er es, alle Flure und Gemächer durchschreitend, untersuchte.
In einem Raum war ein Schachspiel aufgestellt. Als er sich über den Tisch beugte tat es wie von Geisterhand einen Zug.
Neugierig und von einem inneren Zwang gedrängt setzte er sich dazu und spielte.

Tiefversunken war er, als plötzlich die Herrin des Schlosses den Raum betrat. Ihrem Liebreiz und der Magie, die sie walten ließ, war er in einem Atemzug verfallen.

Wenn er sich bereit erklärte in den Wald zu ziehen und den weißen Hirschen zu erlegen, ließ sie ihn wissen, dann werde sie die Seine auf immer.

Trunken vor Liebe und Begehren versprach er ihr alles daran zu setzen ihren Wunsch zu erfüllen.

In ihren Armen verbrachte er eine Nacht in Lust und Sinnlichkeit, wie er noch keine erlebt.

Kaum erwacht zog es ihn in den Wald. Und wenn da nicht ein kleiner Zaunkönig gewesen wäre, der ihm die Wahrheit sang, hätte er den ärgsten Frevel begangen, eine Schuld auf sich geladen, aus der es kein Entrinnen, kein Verzeihen mehr gegeben hätte.

Denn niemand anderes als den Herrn des Waldes hätte er getötet, der an diesem, und einzig an diesem Tag in der verletzlichen Gestalt des weißen Hirschen zu erleben war.

Unter heroischen Anstrengungen gelang es dem Ritter Parzifal sich aus den zauberischen Umklammerungen jener geheimnisvollen Schlossherrin zu befreien und den bösen Ort zu verlassen.

So verging der Abend, es wurde Zeit zu Bett zu gehen.

Ich schlief ruhig und traumlos.

Lange werde ich hier nicht bleiben, ich sag es lieber gleich. Ich hab noch viel vor. Es geht um interessante Dinge.
Besser gesagt, um wichtige Dinge.
Ich bin nicht umsonst hier, hoffe ich.
Der Maler spricht leiser als sonst. Er hört sich etwas enttäuscht an.
Und was ist schon wichtig? Mein Werk ist wichtig. Weil es MIR wichtig ist, verstehst du.
Ich will ihn nicht verstehen. Ich werde nicht nachdenken. Er soll sich beeilen. Ich gehe gleich.

Was hältst du denn von meinem Kleid? Hoffentlich hast du die richtigen Farben dabei. Dein Himmel ist dir ja nicht so gelungen. Vielleicht klappt es heute besser mit den Farben. Es ist ja nur ein Kleid. Da kommt es nicht ganz so drauf an, oder?
Es ist wieder typisch. Er antwortet nicht. Und ich hab auch keine rechte Lust mehr hier rumzuliegen.
Aber mir kommt eine gute Idee in den Sinn.
Soll ich dir das Kleid dalassen, wenn ich gehe? Dann kannst du in Ruhe malen und vergleichen. Obwohl, ich musste innerlich lachen, da ich unvergleichlich bin, wird es kaum möglich sein, mich hinzukriegen.
Also, ich meine natürlich das Kleid.
Ihr denkt jetzt vielleicht, dass die Idee schlecht ist. Aber so etwas denkt nur der, der zu weit denkt.

Man muss doch erst mal was Vernünftiges denken. Vernünftig ist, dass ich zu der alten Frau gehe.
Vernünftig ist, dass ich ihm nicht weh tun will. Er ist doch extra meinetwegen gekommen. Ich weiß, dass er unbedingt das richtige Blau finden will. Darum ja auch mein blaues Kleid.
Also, ich gehe und mein Kleid bleibt hier.
Weißt du, es geht nicht nur um das Kleid. Es geht mir um die Natur, um die Landschaft. Und dass du in ihr bist. Das möchte ich malen. Es ist eine große Komposition. Es muss zusammenpassen. Es muss mir gelingen. Du bist mir wichtig, versteh doch. Du sollst mir ins Bild passen. Und wenn ich wahnsinnig darüber werde.
Das hörte sich gerade richtig gewaltig an. Ihr wisst hoffentlich wie sich 'gewaltig' anhört.
Bei dem Wort Komposition fällt mir mein Lied ein.

Ich kann dich leicht berühren
und bin dann wie ein Hauch
ich kann auch stürmisch werden
und bös sein kann ich auch

Ich werde den Text etwas ändern. Das mit dem leichten Berühren. Ich hab ihn ganz schön feste berührt.
Nicht umsonst klang er gerade so gewaltig.

Ich kann dich berühren
mehr als ein Hauch
kann stürmisch werden
und bös vielleicht auch

So, das ist besser. Er soll ja wissen, woran er ist. Und immerhin hat er mit mir Glück. Für ihn hab ich mein Lied geändert.

Es ist ein komisches Gefühl in mir. Ich hab noch nie mein Lied geändert. Und es fühlt sich schön an in mir.
Nicht so normal schön. Das kennt jeder. So normal schön, ist nur schön.
Aber dieses schön ist ein anderes schön. Es ist wohlig schön.
Du hast mich verstanden, du feines Blümelein. Du hast mir gerade zugenickt.
Der Sonnentau da hinten hat nichts verstanden. Er ist mit sich selbst beschäftigt. Und wartet nur darauf, dass jemand auf ihn reinfällt.
Und wenn ich doch noch etwas bleibe... Es wär ja nur wegen des 'wohlig schön'.
Würdet ihr bleiben an meiner Stelle?

Der Morgen sah mich auf dem breiten Fuhrweg hin schreiten.

Heute war der Himmel von einem fast durchsichtigen Blau. Kein Wölkchen war zu sehen. Das schwarzblaue Wasser inmitten der sattgrünen Wiesen, und auf allem ein silbernes Funkeln, als ob die Morgennebel Sterne ausgestreut hätten.

Felder wechselten mit den Wiesen, auf denen die schwarzbunten Kühe weideten, dazwischen die Knicks und schmale Entwässerungsgräben. Weit in der Ferne, und noch ganz im Dunst verborgen, waren Baumsilhouetten auszumachen. Wie die Arme von Gespenstern streckten sich Äste und Zweige dem Himmel entgegen.

Auch der Berg stieg bald, unverwechselbar mir das Ziel meiner Reise weisend, aus der Ebene auf.

Ein seltsamer Anblick war das inmitten des platten Landes, und doch von einem sehr eigentümlichen Reiz, fast kam es mir so vor, als ob ich Harfenklänge vernähme, die mich zu ihm hinzogen.

Nun, da die Morgennebel sich verflüchtigten, stand ich wie gebannt, überwältigt von der Kraft der Farben, dem dunkeln Braun des Bodens, vermischt mit Himmelsblau, in klaren, reinen Konturen.

Bald hatte ich die ersten Häuser von Himmelweihe erreicht, in loser Folge und weitem Abstand standen sie, ich schritt daran

vorüber, grüßte, wenn ich jemandem begegnete, bis ich an einen großen Anger gelangte, wo eine kleine backsteinerne Kirche mit leuchtendrotem Ziegeldach stand.
Auch eine Gastwirtschaft fand sich nahebei. Darauf steuerte ich nun zu.
Es war noch leer zu so früher Stunde, nur der Wirt stand hinter der Theke und wusch Geschirr. Diesem erklärte ich den Grund meines Besuches. Und obwohl, wie sich herausstellte, Gästezimmer zur Verfügung standen, zog ich es vor, nicht zuletzt auch dem Rat des fürsorglichen Torfstechers folgend, mich nach einer anderen Unterkunft zu erkundigen, einem Ort, an dem ich mich freier entfalten und in Ruhe arbeiten konnte.
Der Wirt nahm dies ohne Murren zur Kenntnis, und verwies mich mit freundlichen Worten an die Witwe Habedank.
Es sei nicht zu verfehlen, ihr Häuschen sei in der entgegengesetzten Richtung als der, woher ich gekommen, das letzte des Dorfes. Hinter ihrem Haus bereits beginne das Moor, das sich bis zur Mümme hinziehen würde, die in einigen Kilometern Entfernung vorbeiströmte.
Ich bedankte mich und machte mich, fröhlich vor mich hin pfeifend, auf den Weg, zufrieden, dass alles sich so leicht und glücklich gefügt hatte.
Das Häuschen war in der Tat nicht zu verfehlen. Es stand weit abseits, umgeben von einem

großen verwilderten Garten, den ich, einer inneren Eingebung folgend, als erstes in Augenschein nahm, ich konnte mir nicht helfen, wie von magischen Schnüren geleitet zog es mich dort hin.
Da waren Beete mit Kräutern und Heilpflanzen, sorgsam gepflegt und offenbar von einer wissenden Hand betreut.
Doch ansonsten standen die Gräser, und was noch alles dazwischen wuchern mochte, kniehoch, die Obstbäume von Flechten überzogen wie bepelzt.
Mitten darinnen verborgen die arg verwitterte Statue einer römischen Putte, Gott allein mochte wissen, wie sie hierher gelangt sein mochte.
Sie hielt einen Blumenkübel in Händen, darin Vergissmeinnicht und roter Mohn, deren Samen der Wind angeweht haben musste, in trauter Zweisamkeit aufgeblüht waren.
Ganz hinten wuchs eine Hecke, wilde Ranken darin verwoben, die den Garten zum Moor hin begrenzte, schon konnte man seine Wasserflächen im strahlenden Sonnenlicht aufblitzen sehen.
Ein schief in den Angeln hängendes Türchen führte dort hinaus.
Ich blieb davor stehen wie verzaubert.
In diesem Garten allein, das fühlte ich, würden sich Motive in schier endloser Zahl finden lassen, ich würde mich mit meiner Mappe unter

die Bäume hin setzen und zeichnen und malen, malen, traumverloren ...
Versonnen blickte ich mich um. Ich sollte wohl der Witwe meine Aufwartung machen.

Ein wenig nur bleibe ich noch. Ich nutze die Zeit euch etwas anzuvertrauen. Ich habe nämlich eine Beobachtung gemacht.
Der Maler kennt die alte Frau.
Ja und, werdet ihr sagen. Wieso ist das erwähnenswert?
Weil die alte Frau mir nichts davon gesagt hat. Ich hab ihr vom Maler erzählt. Und sie hat zugehört und nichts dazu gesagt. Ich wusste zu der Zeit nicht, dass sie sich kennen.
Sie hat mich nur so merkwürdig angesehen. Aber ich dachte mir, so sieht es aus, wenn jemand weise ausschaut.
Ich hab auch dem Maler nicht gesagt, dass ich ihn gesehen habe, als er auf das Häuschen der alten Dame zuging.
Und er ist hineingegangen. Ich hab es gesehen. Einmal sind sie zusammen in den Garten gegangen.
Sie hat einen wunderschönen Garten. Er ist ganz verwunschen. Darin steht ja auch der Schwarzgetupfte.
Ihr wisst schon, der Fliegenpilz.
In diesem Garten sind Zauberer am Werk. So drückt es die alte Frau jedenfalls aus.
Sie sagt, man müsse sich nicht um alles kümmern.
Die Natur ist von Natur aus ein großer Kümmerer. Aber ich hab sie gleich berichtigt. Die Natur ist eine Frau, und somit eine Kümmerin.

Aber ihr kennt jetzt wieder einen Bedeutungssatz.
Die Natur ist von Natur aus eine große Kümmerin.
Ich habe euch all das erzählt, weil ich euch sagen will, dass ich Geheimnisse liebe.
Ich habe jetzt ein großes Geheimnis mit euch.
Und ihr müsst mir versprechen, dass ihr das Geheimnis geheim haltet.
Wer es ausplaudert, den werde ich verachten. Er darf nicht mehr mein Freund sein, oder meine Freundin.
Und es wird ihn ein Fluch treffen. Ich kann nämlich fluchen. Und: ich kann verfluchen.
Ich kenne Verfluchungsformeln. Die haben es in sich. Aber wenn einer von euch sie kennenlernt, ist es für denjenigen sowieso zu spät, sich zu schützen.
Also hütet euch vor Geheimnisverrat.
So, ich werde jetzt gehen. Der Maler schaut unwirsch. Dann geh. Ich sehe mir den Weiher genauer an. Die Randpflanzen gilt es in sich aufzunehmen. Sie genau zu malen erfordert meine ganze Aufmerksamkeit.
Ich winke ihm zu und mach mich auf den Weg.

Gebeugt und schief stand das Häuschen, der moorige Untergrund mochte wohl Schuld daran haben.

Gebeugt und schief, das war auch ihre Gestalt, der alten Frau, die auf mein Klopfen hin die Türe öffnete.

Der alten Dame vielmehr, denn eine solche war sie ganz unbedingt, trotz ihrer scheinbaren bäuerlichen Herkunft.

Auf einen Stock gestützt, gekleidet in altbäuerlicher Tracht, auch die hohe Haube durfte nicht fehlen, so stand sie mir gegenüber.

Ich erklärte mich, sprach davon, dass ich ein Maler sei, gekommen, die hiesigen Landschaften zu erkunden, in mich aufzunehmen, und so gut es mir und meiner Kunst gelingen mochte, festzuhalten.

Als sie mich dies erwähnen hörte, schaute sie auf und blickte mich an aus wachen grauen Augen, und die Runzeln in ihrem Gesicht kündeten nicht allein vom Alter, sondern auch von einem reichen Wissen und tiefgründigem Humor.

Sie bat mich herein auf einen Kräutertee und führte mich in die gute Stube, wo zwei junge Kätzchen, die eine schwarz, die andere rotgetigert, sich von der Ofenbank erhoben und zur Begrüßung meine Beine umschnurrten. Ich beugte mich zu ihnen nieder, die mir als der Schwarze und die Rote vorgestellt wurden.

Die alte Dame schien durchaus auch einen Sinn für das Praktische zu haben.

Die Stube war äußerst behaglich eingerichtet, es hingen auch vielerlei Kräuterbündel von der Decke, die der allgemeinen Gemütlichkeit einen wohligen Duft hinzufügten.

Während wir unseren Tee schlürften, erzählte ich von den Eindrücken meiner Reise, auch den Traum der Ungeheuer verschwieg ich nicht, da ich unwillkürlich ein großes Vertrauen zu ihr gefasst hatte.

Dies schien auf Gegenseitigkeit zu beruhen. Sie wolle mich gerne bei sich aufnehmen, erklärte sie mir, und von nun an stünde mir das ganze obere Stockwerk zur Verfügung.

Es bestünde zwar nur aus einem großen Raum, dazu einer Schlafkammer und einem Abstellraum, doch wenn sie nicht alles trüge, sei genau dies eine für einen Maler recht vorteilhafte Aufteilung.

Ich solle sie nur gleich nach oben begleiten, sie habe auch, und bei diesen Worten blickte sie mir eindringlich in die Augen, ein Geheimnis zu enthüllen, von dem sie noch niemandem gesprochen, sie habe gewartet und gewartet, bis die gütige Fügung des Himmels mich nun gesandt habe, mir, das habe sie sofort gespürt, könne sie sich getrost anvertrauen.

Meine Neugierde war geweckt, und voller Erwartung folgte ich ihr über die enge knarzende Stiege ins Obergeschoss.

Zwei kleine Fensterchen in der Dachschräge, mehr war da nicht, und doch war es allerliebst,

wie die Sonnenstrahlen darin spielten. Im Winter mochte es wohl duster sein, doch der Winter war fern.
Die Bettkammer erwies sich als schmal, doch meinen Bedürfnissen allemal entsprechend.
Dann öffnete sie die andere kleine Kammer. Mir gingen die Augen über. Sprachlos lehnte ich in der Tür. Da standen Leinwände aufgereiht, bemalte Leinwände, eine Staffelei, allerlei Malutensilien lagen verstreut, Notizbücher, Skizzenblöcke, auch einen Rucksack konnte ich ausmachen.
Fragend schaute ich die alte Dame an. Die nickte nur. Schweigend verstanden wir uns. Denn auch des verschollenen Malers hatte ich kurz Erwähnung getan. Hier also hatte er gewohnt. Hier also lüftete sich der erste Schleier des Geheimnisses.
Ich lasse dich nun allein, sprach die alte Dame, du wirst dir selber ein Bild machen wollen.
So verließ sie mich, und ich – hatte nichts Eiligeres zu tun als alle Leinwände hinüber in den großen Raum zu tragen.
Dort hängte ich eine nach der anderen an einen großen Nagel, der an einer der Längsseiten in die Wand gelassen war, stellte mich selbst auf der gegenüberliegenden Seite hin und betrachtete sie eingehend.
Hier war ein großer Könner am Werk gewesen.
Es waren allesamt Landschaften, und sie sprühten von Farben und einem eigentümlichen Licht,

das erst aus der Entfernung betrachtet zu rechter Geltung gelangte. Dann aber durchdrang es den Raum und es war wie ein Funke, der auf mich übersprang. Ich war verzückt.
Dann löste ich mich aus dem Bann und begann mich der Skizzenbücher zu widmen.
Hier nun fanden sich auch Darstellungen von Menschen, meist waren es Bauern auf dem Feld, doch waren auch einige schöne Blätter darunter, worauf sich die alte Dame wiederfand.
Die Notizbücher schienen vielfach in tagebuchähnlicher Weise genutzt, doch waren es meist nur wenige, eilig hingekritzelte Sätze. Ab einer bestimmten Stelle war von einer Sie die Rede. Und es setzte sich fort. Doch kein Name fand Erwähnung. Immer nur Sie. Sie, Sie, Sie.
Auch der letzte Eintrag, den er gemacht, bezog sich auf diese Geheimnisvolle.

Ich muss sie sehen ... ich muss zu ihr hin ... jetzt, sofort ...

Dies also war das letzte Lebenszeichen, das er von sich gegeben hatte.
Sie.
Um wen es sich dabei wohl gehandelt haben mochte?
Nochmals durchflog ich alle Bücher, ob sich nicht doch noch weitere Hinweise finden ließen.
Da war nichts, auch kein Portrait, das sich mit dieser geheimnisvollen Sie in Verbindung

bringen ließe. Gezeichnet also hatte er sie nicht. Was mich verwunderte, da sie doch offenkundig eine solch große Bedeutung für ihn gewonnen hatte. Es war mehr als ungewöhnlich.
Was sich dahinter verbarg – ich wollte, ich musste es in Erfahrung bringen.

Der Weg zur alten Frau ist nie langweilig. Ich kenne die Tiere, die hier leben, und wir mögen uns von Herzen. Es ist ja klar, dass sie mir vertrauen. Deshalb darf ich mich bewegen, wie ich möchte. Sie flüchten nicht vor mir. Am schönsten ist es, wenn Epona 2 kommt.
Euch kommt vielleicht der Name bekannt vor. Das kann sein, wenn ihr Links Abenteuer kennt. Link will doch die Prinzessin Zelda befreien, und trifft unterwegs Epona. Und dieses Pferd vertraut ihm so, dass es die Wildheit verliert. Link kann darauf reiten und Epona rufen, wenn es nötig ist.
Epona 2 ist eine rotbraune, wunderschöne Stute. So wunderschön, wie Epona. Darum heißt sie auch Epona 2. Meine Schwester hat gelacht, als ich ihr erzählte, dass sie Epona 2 heißt. Aber ich bin für Gerechtigkeit. Stellt euch vor Epona würde hierher kommen. Das wär doch ungehörig, wenn ich ihr Epona 2 dann als Epona vorstellen müsste.
Aber ihr versteht mich schon. Ich bin mir sicher. Sie vertraut mir auch, und ich kann auf ihr reiten.
Allerdings immer eine recht kurze Strecke. Sie ist noch nicht vollständig gezähmt. Sie macht darum, was sie will. Und hört nur auf mich, wenn sie Lust dazu hat.
Ich ahme ihr Wiehern nach, und wenn ich Glück habe, ihr wisst schon.

So wie jetzt. Hallo Epona 2, schön dich zu sehen. Ein kurzer Ritt, und ich bin schon fast am Ziel. Das letzte Stück des Weges werde ich langsam gehen.

Ich muss denken. Ich denke an den Maler. Er verfolgt mich im Kopf. Und, ich hab es festgestellt. Er verfolgt mich von da ab weiter.

Und das heißt: er hat sich in mein Herz gemogelt. Ich hatte schon einmal jemanden in meinem Herzen. Aber den hab ich hinausgeworfen. Er passte nicht richtig. Er hat sich so breit gemacht, dass mir die Herzwände wehtaten.

Aber der Maler tut nicht weh. Er ist ja auch erst ein wenig darin. Obwohl ich an manchen Tagen das Gefühl habe, er würde schon darin wohnen.

Ich sag es euch im Vertrauen. Und das ist das nächste Geheimnis, das ich mit euch teilen möchte.

Ich bin verliebt. Er weiß es aber nicht. Und ihr werdet mich nicht verraten. Das weiß ich.

Ich werde es heute der alten Frau erzählen. Ihr vertraue ich. Jemand der mit mir die Zeit rundet, ist absolut vertrauenswürdig.

Ich ging zur alten Dame hinunter, die, von ihren Kätzchen flankiert, in einem geräumigen Sessel saß, ein kleines Büchlein durchblätternd.
Sie blickte auf. Kräuterkund, sagte sie mir zur Erklärung, es hört nie auf mich zu beschäftigen.
Ich räusperte mich.
Ich weiß, sagte sie, es brennen dir tausend Fragen auf der Zunge.
Sie legte das Büchlein beiseite und erhob sich.
Komm mit, sagte sie und strebte dem Ausgang zu ohne weiter auf mich zu achten.
Ich schloss mich ihr, die Katzen schlossen sich uns an.
Sie durchschritt den Garten und öffnete das kleine hinterwärtige Türchen.
Siehst du, erklärte sie mir, hier rechterhand siehst du den Fuhrweg, der vom Dorf herkommend an meinem Haus vorüber zur Mümme und dem dortigen Fähranleger hinunterführt. Er beschreibt dabei einen weiten Bogen um das Moor herum. Es gibt aber, wenn wir hier linkerhand ein kleines Stückchen weitergehen, einen schmalen Pfad, der geradenwegs das Moor durchquert. Wir wollen ihm für eine Weile folgen, ich möchte dir einen ganz besonderen Ort vorstellen.
Der Weg war, zumindest anfangs, mit Sand aufgeschüttet, wohl, damit er nicht ins Moor absinke. Auch spürte ich nach wenigen Schritten bereits, wie es unter mir schwankte. Ein beständiges Auf- und Niedersinken, wie wenn

man auf Watte ginge. Oder auf Wolken schwebte.

Ja, die alte Dame lächelte, als sie das Erstaunen mir ins Gesicht gezeichnet fand, damit du nur ja weißt, worauf du dich nun einzulassen gedenkst. Es ist nicht allein tückisch, es ist gefährlich. Diesen Weg nehmen selbst wir, die wir hier geboren und großgeworden sind, einzig an klaren Tagen wie heute, bei bester Sicht. Bei Regen, bei Nebel, und erst recht des Nachts meiden ihn alle, die nicht des Lebens müde sind. Ein falscher Schritt, und du bist verloren.

In jener Nacht vor vielen Jahren da er das Haus verließ um nicht wiederzukehren, wird er diesen Weg genommen haben – und im Moor versunken sein. So sagten es alle. Damals.

Und du? fragte ich, der ich hinter ihr herging.

Ich weiß es nicht, erwiderte sie nach einigem Zögern, die Vernunft sagt, dass es so war, mein Herz, dass er in eine andere Welt übergewechselt ist.

Ich wollte schon eine weitere Frage anbringen, als sich wie von Zauberhand der Himmel über uns auftat.

Bislang waren wir wie durch eine Alle schlanker Birken geschritten, die freilich links und rechts im Moor standen, dichtes Wollgras zu ihren Füßen, und doch unzweifelhaft von Wasser umgeben.

Nun aber öffnete sich der Blick auf einen weiten See.

Dort, wo wir nun herausgekommen waren, breitete sich ein Sandstrand, doch standen Bäume rings am Ufer, darüber der lichtblaue Himmel.
Doch was war der Himmel gegen die Farben des Sees! Was für ein tiefes dunkles Blau! Nein, bei näherem Hinsehen erschien eine Abfolge verschiedener Blautöne, die von Ultramarin über Azur zu Kobalt wechselten. Doch waren dies nur hohle Worte angesichts eines Wunders, das sich meinen Augen offenbarte. Und zu allem Überfluss schwebten unzählige Libellen in allen Schattierungen darüber hin, rot und golden blitzte es auf, zuckte und schwirrte es. Es war dies das Märchenland, ja, hier war ich angekommen.
Nahebei stand ein mächtiger alter Baum, dessen breit ausladendes Wurzelwerk zur Rast einlud. Wir setzten uns, und auch die Katzen, die mir unterwegs verloren schienen, fanden sich wie selbstverständlich hinzu.
Du hattest ihn also in dein Herz geschlossen? fragte ich, und nahm damit unser Gespräch wieder auf.
Ich liebte ihn, sprach sie versonnen, ja, das tat ich, so, wie ich bereits begonnen habe dich lieb zu gewinnen.
Diese Worte gingen mir sehr zu Herzen, und doch konnte ich mich einer anderen Frage nicht erwehren.

Diese andere Welt, wollte ich wissen, was hat es damit für eine Bewandtnis?

Dort draußen, sagte sie und wies hinaus über den See, im Wasser, im Moor, im Wald und wohl auch in der Luft, dort wohnen Geschöpfe, die nicht von unserer Welt sind. Oder vielmehr ist es so, dass ihre Welt und die unsere sich überschneiden. Es wird überall so sein, vermute ich, doch gibt es Orte, an denen dies deutlicher in Erscheinung tritt als anderswo, und unsere Landschaft hier, das ist ein solcher Ort.

In einer Hinsicht wäre es schön und wundervoll zu nennen, doch fügen sich die beiden Welten nicht immer harmonisch ineinander. Leicht kann es zu Missverständnissen, gar zu Zerwürfnissen führen.

Mehr werde ich dir dazu nicht sagen können, mir sind aus mancherlei Gründen die Hände gebunden.

Weißt du, fuhr die alte Dame nach einigem Sinnen fort, wenn du hier zu bleiben gedenkst, wirst du deine eigenen Erfahrungen machen müssen. Darauf gibt es kein Lernen und kein Vorbereiten.

Nur um eines möchte ich dich bitten: Sei wachsam. Öffne dein Herz. Und behüte es zugleich.

Wenn ich bei der weisen Frau ankomme, gehe ich immer zuerst in den Garten. Dort riecht es so gut. Und die verschiedenen Farben haben es mir angetan. Ich bin ja Farben gewöhnt, aber diese Zusammenstellung ist schon ungewöhnlich.

Frau Habedank, so heißt sie übrigens, hat mich darauf aufmerksam gemacht. Sie wollte mir die Kräuter nahebringen. Und als ich anfangs keine Lust auf so viel Lernerei hatte, hat sie es hintenrum versucht.

Dass ich Farben liebe, wurde ihr schnell klar. Darum hat sie mir die Farbenkomposition des Gartens erläutert.

Und, ich gebe es zu, sie hat tatsächlich meine richtige Aufnahmequelle gefunden.

Ihr wisst das von euch sicher auch. Wenn man lernen muss, kommt es auf das Interessante an. Das Öde kann man nicht mit Freude lernen. Aber das, was einen interessiert, lernt man gerne.

Man muss sich also selbst überlisten. Bevor man vor lauter Langeweile einschläft, ist es wichtig, Ausschau zu halten.

Halt, ruft man dann. Ich hab einen interessanten Punkt gefunden. Und dann kann man sich damit beschäftigen.

Na gut, manchmal klappt das nicht. Dann muss man es eben trotzdem lernen. Vielleicht stößt man während des Lernens auf interessante

Punkte. Aber das kann man vorher ja nicht wissen. Also.
Im Garten steht ein vergammelter Sessel. In den setze ich mich. Ich lasse alles auf mich wirken.
Das hat sie mir beigebracht. Als ich die Sonnenuhr lesen lernte. Beobachtung ist wichtig. Das sagt sie immer.
Und darum hab ich sie auch beobachtet. Und den Maler.
Oh, wer kommt denn da. Schwarz und Rot, die beiden süßen Katzenbabys. Sie sind erst ein paar Wochen alt, und gehören der alten Frau. Dann wird sie auch kommen.
Gjóla ist da. Was für eine Freude.
Mir wird ganz warm, wenn sie sich freut. Ich falle ihr um den Hals. Und wir herzen uns.
Sie streicht mir über den Kopf. Sie darf das. Nicht alle dürfen das.
 Wenn du genug geschaut hast, sagt sie, gehen wir ins Haus. Wir schauen beide noch etwas, und dann seufze ich, und wir gehen hinein in ihre schöne Wohnung.
Rot und Schwarz kommen mit. Ich setz mich auf den Boden und spiele mit ihnen.
Wir spielen mit einem Garnknäuel. Das macht uns allen Spaß. Ich ziehe etwas am Faden, und das Knäuel wickelt sich ein wenig ab. Die beiden süßen Kätzchen wollen das Knäuel fangen und laufen ihm nach.
Frau Habedank hat Tee gekocht. Das macht sie immer.

Jetzt ist Teestunde, sagt sie, und ich setze mich in den Sessel und trinke Tee.
Was führt dich zu mir?
Ich stelle meine Frage. Gibt es einen Gegen-Bedeutungssatz?
Sie ist sichtlich erstaunt. Es scheint eine kluge Frage zu sein, denn sie antwortet nicht gleich.
Aber dann. Ja, sagt sie. Es gibt einen Gegen-Bedeutungssatz.
Ich hatte es geahnt.
Und wem soll man dann glauben? Wer von beiden ist der Richtige?
Sie sieht mich an. Und dann antwortet sie.
Das kann nur jeder für sich alleine wissen.
Peng. Das ist ja blöd, entfuhr es mir.
Ja, das ist es.
Stellt euch vor. Sie findet es nicht schlimm, wenn ich mich schlecht ausdrücke. Sie tadelt mich nicht. Das ist nämlich das Tolle an ihr. Sie nimmt mich wie ich bin.
Wie bist du denn auf deine Frage gekommen?
Ich erzähle ihr von der Pünktlichkeit, die ja nicht zur Zeitabrundung passt.
Sie sagt: siehst du, und nur du weißt dann, ob du mit deiner Entscheidung zufrieden bist. Oder ob sie dich stört.
Vielleicht möchtest du ja, dass sich der andere zufrieden fühlt. Und du musst dafür deine Zufriedenheit aufschieben. Nur für kurze Zeit.

Wenn du merkst, dass der andere zufrieden ist, kann es sein, dass du dich auch sehr zufrieden fühlst. Das ist nicht immer so. Aber manchmal durchaus.
Ihr seht, wie klug Frau Habedank ist.
Ich denke jetzt aber erstmal nach.

Wir haben gemeinsam zu Abend gegessen, meine Wirtin und ich, und noch etwas geplaudert.
Ich hatte ihr von meinem Wunsch gesprochen, gleich am nächsten Tag das Moor zur Mümme hin zu durchqueren. Da auch der morgige Tag schön zu werden versprach, erhob sie keine Einwände, schärfte mir aber nochmals ein, falls es mit meiner Rückkehr spät werden sollte, unbedingt den längeren Weg auf mich zu nehmen, das Risiko von der Nacht im Moor überrascht zu werden sei zu groß.
Auch solle ich mich davor hüten dem See, so schön und verlockend er auch erscheinen möge, zu nahe zu treten oder gar auf die Idee zu verfallen darin baden zu wollen. Selbst dem Sand sei nicht zu trauen. Sie habe das am eigenen Leibe erlebt, in jungen Jahren. Da sei sie bis zur Hüfte eingesunken. Zum Glück sei jemand bei ihr gewesen und habe sie befreit.
Wie sie dies sagte, war in ihrem Gesicht ein seliges Lächeln aufgeschienen, das mich tief berührte.
Dein Liebster! So entfuhr es mir unwillkürlich.
Ja, bestätigte sie es mir, es war eine wunderschöne Zeit.
Und ich gewann sie noch einmal so lieb wie sie dies sagte.
Bald darauf verabschiedete ich mich.
Ich wollte meine Sachen auspacken und früh zu Bett gehen.

Die Worte, die sie mir am See gesprochen, gingen mir nicht aus dem Sinn.
Wie sollte ich mein Herz öffnen und zugleich bewahren?
Ich hängte eines der Bilder des unbekannten Malers an den Nagel, setzte mich inmitten des Raumes auf den Boden und begann nachzudenken.
Seinen Namen mir zu nennen hatte die alte Dame sich geweigert. Auch dies eine ungelöste Frage, Rätsel über Rätsel. Und mein Herz?
Lange dachte ich nach. Dann ergriff ich meine Feder, tauchte sie ins Tintenfass und schrieb folgende Worte auf die erste Seite eines frischen Notizheftes:

Bewahre dein Herz
und öffne es weit
indem du es dir bewahrst
wirst du es öffnen können
indem du ein Eigen bleibst
einen anderen in dir
willkommen heißen

So, sagte ich mir, mit diesen Worten also soll sich nun ein neues Kapitel deines Lebens öffnen. Mir war recht feierlich zumute.
Die Worte allerdings, die ich geschrieben, auch sie blieben mir rätselhaft.
Wer mochte nur dieser Andere sein?

Irgendetwas schien zu fehlen. Doch wusste ich, dass ich es nun, an diesem Abend, nicht mehr würde finden können. Wenn es denn da gewesen ist, war es mir entglitten. Es würde schon wieder auftauchen, tröstete ich mich.
So bestieg ich das Bett in meiner kleinen Schlafkammer. Ich schlief, von einem sanften Traum gewiegt.
Auf einer weiten Obstwiese lag ich im Gras, die Blütenblätter der Apfelbäume rieselten wie Schnee auf mich herab. Ich blinzelte gegen die tiefstehende Sonne, als ich gewahrte, dass vom anderen Ende der Wiese eine mädchenhafte Gestalt, angetan in einem königsblauen Kleid, mit leichtem Schritt sich mir zu nähern begann. Sie.

Ich will nicht zu lange überlegen. Ich möchte ja noch etwas Wichtiges von ihr erfahren.
Kennen sie den Maler gut?
Frau Habedank scheint nicht überrascht. Ja, sagt sie, ich kenne ihn. Gut allerdings nicht. Dazu muss man einen Menschen lange kennen.
Aber sie kennen sich doch schon lange, sage ich. Ich hab es beobachtet. Und als ich von ihm erzählt habe, haben sie nicht gesagt, dass sie ihn kennen.
Ich wusste nicht, dass er der Maler ist, den du kennst. Es gibt doch viele Maler. Und da du ja in vielen Gegenden anzutreffen bist, hab ich bei unserem Gespräch nicht weiter überlegt.
Sie sieht ehrlich aus, und ich glaube ihr.
Ich komme gerade von ihm. Er wollte mich malen. Aber weil ich es eilig hatte hierher zu kommen, muss er sich mit dem Weiher beschäftigen.
Ich muss lachen. Und er wird mein Kleid wahrscheinlich nicht hinbekommen, sage ich.
Was ist denn so besonders an deinem Kleid. Frau Habedank nestelt an der Teekanne herum. Der selbstgestrickte Tropfenfänger ist etwas verrutscht.
Es ist die blaue Farbe. Damit tut er sich sehr schwer. Er kann sich nicht entscheiden. Er hat neulich den Himmel nicht malen können. Er hat gemischt wie ein Weltmeister. Aber so einen Moorhimmel kann auch nicht jeder malen. Er

ist etwas Besonderes. Aber er kann es hinkriegen. Da bin ich mir sicher.
Das Dumme ist, dass ich jetzt rot werde. Jetzt sieht mich Frau Habedank auch noch so merkwürdig an.
Es ist ziemlich warm in der Stube. Ich schwitze. Aber ihr könnt es euch denken, dass der Grund ein anderer ist. Immer wenn ich an ihn denke, wird mir warm.
Also ist es wohl tatsächlich so, dass ich verliebt bin.
Ach Kindchen, sagt sie. Ach Kindchen, und schüttelt leicht den Kopf.
Aber das mag ich nicht leiden. Auf keinen Fall.
Zum Glück haben Schwarz und Rot gerade Dummheiten gemacht. Der Garnfaden hat sich nämlich verheddert. Er hängt im Blumentopf des riesigen Philodendron, der auf dem Küchenboden steht.
Eine der Katzen will ihn befreien und schlägt mit der Pfote in den Philodendron hinein. Daraufhin kippt der Topf um, und der gesamte Inhalt hat sich auf dem Boden verteilt.
Frau Habedank schlägt die Hände über dem Kopf zusammen.
Ich eile und hole Besen und Kehrblech.

Ich trug einen leichten Stoffbeutel über der Schulter. Darin hatte ich etwas zu trinken, Proviant, Zeichen- und Notizblock nebst einigen Stiften verstaut.

Nochmals gab mir die alte Dame allerlei gute Ratschläge mit auf den Weg, die ich zu beherzigen versprach.

Versonnen betrachtete ich die Apfelbäume des Gartens, die über Nacht aufgeblüht waren. Ich nahm es als ein gutes Omen mit auf den Weg.

Und wieder der schwankende Boden. Und die Warnungen meiner besorgten Wirtin. Ja doch, ja, ich würde mich daran halten.

Und dann, doch, gewann der Übermut die Oberhand in mir. Ich versuchte mich an allerlei Sprüngen, bewegte mich tänzelnden Schrittes voran.

Mir war so wohl zumute und der Himmel blau, so nah und fern und unermesslich blau.

Denken denn die Birken, fragte ich mich. Aber ja, ganz sicher denken sie. Mit tänzerischer Grazie. Und ich musste lachen. Und sie lachten mit mir.

Und die alten Weiden mit ihren knorrigen Stämmen? Ihre silbrigen Blätter lispelten, wie ich vermute, so manche alte Weise.

Ach, war das Leben schön! Und ich war glücklich! Glücklich!

Dann kam ich an den See. Und sah!

Oh, meine Augen, wenn ihr euch nur von diesem Glanz hättet lösen können!

Und wehe euch, wenn diesen Frevel ihr begangen!
Es war ein Bild wie keines. Und ich wusste, dass ich dieses Bild zu malen hatte, und wenn es mich das Leben koste.
Und doch wagte ich mich nicht zu rühren. Ich wollte es nicht zerstören. Nein. Niemals.
Ich stand. Und sah. Sie.
Ich wusste dass sie es war. Ich wusste es in diesem Augenblick.
Und ich verstand. Ich verstand alles, das es zu verstehen gab. Das war nicht viel. Und ist auch falsch. Denn was, was hätte es zu verstehen gegeben? Nichts. Nichts gab es zu verstehen.
Zu sehen – alles. Ja. Und ich sah.
Sie saß unter diesem alten kauzigen Baum, dort, wo die alte Dame und ich gestern gesessen hatten. Und doch war alles anders mit ihr. Es war, als ob sie und der Baum eines wären, in ein Gespräch vertieft, das schon seit Ewigkeiten währen mochte.
Sie tat, als ob ihr meine Anwesenheit noch gar nicht aufgefallen wäre.
Und ahnte doch, dass sie bereits mein Nahen in sich aufgenommen hatte.
Oh nein, ich wusste es, ich wusste es genau. Und stand. Und schwieg.
Es konnte, es durfte dabei nicht bleiben.
Ich tat einen tiefen Atemzug. Und ging beherzten Schrittes auf sie zu.

Sie schaute auf. Und lächelte. Oh, dieses Lächeln!
Du also, sagte sie.
Ich – sagte: ja.
Bist du gekommen mich zu malen?
Ja, sagte ich. Und nochmals: Ja!
Und fragte: Wenn ich darf?

Die Ordnung ist schnell wieder hergestellt. Frau Habedank streichelt mir über den Kopf und ich halte ganz still. Es tut gut ihre Hand zu spüren. Ich bin verwirrt.

Es ist mir so warm. Die Gedanken sind immer noch da. Ich möchte jetzt nicht sprechen. Ich möchte denken.

Ich werde dann mal wieder gehen, sage ich. Und etwas anderes fällt mir nicht ein.

Ich scheine die Worte verloren zu haben. Es ist mir passiert, was ich einmal geträumt habe. Ich habe nämlich schon einmal Worte verloren. Im Traum.

Und wisst ihr, was das Schlimmste war? Ich habe meiner Schwester davon erzählt. Und sie hat mich ausgelacht.

Du verlierst viele Worte. Hat sie gesagt. Und ich war traurig. Denn wenn sie es weiß, ist es also gar kein Traum gewesen.

Und wenn ich alle verloren habe, wollte ich wissen, was ist dann?

Wenn man viele Worte verliert, sagte meine Schwester, spricht man viel. Und das ist doch in Ordnung.

Und ich hab nichts verstanden. Und dann hat sie mir den Sinn des Spruchs erklärt.

Also, wenn man viele Worte verliert, spricht man viel.

Wenn man kein Wort verliert, spricht man wenig.

Ich habe also gerade kein Wort verloren, weil ich Wörter verloren habe.
Aber, ihr seid jetzt sicher sauer auf mich. Weil ich so durcheinander bin. Vielleicht verwechselt mein Kopf einfach alles.
Ich geh dann mal wieder, ja?
Ich bin nämlich verliebt.
Auch das noch! Es ist mir herausgerutscht.
Ich habe also noch ein paar Wörter in mir.
Die kluge, alte Frau sieht mich an. Ich weiß, sagt sie.
Ich weiß. Und sie lächelt.
Bis bald. Pass gut auf dich auf.
Sie fragt mich nicht, in wen ich verliebt bin. Sie weiß es auch so.

Wie soll ich sie beschreiben? Dass sich ihr Innerstes mir wie Goldlack entgegenströmte? So duftend und von solcher Intensität der Farben, die sich vor meinen Augen verbogen und verschoben wie Flammenzungen. Ich kann sie überhaupt nur in Blumen mir denken.
Buschwindröschen auch, auch Wiesenschaumkraut. Und was fiele mir noch alles ein.
Wie ich sie vor mir sitzen sehe, fällt mir gar nichts mehr ein. Nichts, das ihr gerecht werden könnte. Sie scheint mir ein Geschöpf, ebenso unfassbar wie die goldenen Sonnentupfer, die zwischen den Blättern und den Zweigen tanzen. Aber will ich sie denn erfassen? Oder berühren gar?
Ich möchte sie malen. Ob ich sie darin erfassen könnte? Es wäre zu bezweifeln. Doch will ich den Versuch unternehmen. Am liebsten überall. Hier, unter dem alten knarzigen Baum, in dessen Wurzelwerk sie wie verschmolzen scheint, auf einer blühenden Frühlingswiese, im Schatten des Waldes, von Licht und Schatten umspielt, auch umhüllt vom rötlichen Schimmer eines Sonnenunterganges.
Sie hat eingewilligt. Sie hat es mir gestattet sie zu zeichnen. Sie war etwas enttäuscht, als ich ihr eingestehen musste, dass ich keine Farben bei mir hatte. Sie möchte dabei sein und sehen, wie ich es in Farbe umsetze. Ich habe es ihr versprochen.

Ob sie ihr Haar wohl öffnen könnte, habe ich sie gefragt, und bin wohl etwas rot geworden dabei.
Es passt so gut zum Moor, habe ich rasch hinzugesetzt.
Aber gerne doch, hat sie gelacht. Und löste sich den Knoten.
Oh, diese Pracht, dieser verschwenderische Reichtum!
Dann habe ich sie nach ihrem Namen gefragt.
Wenn ich darf, fragte ich.
Du darfst.
Und – werde ich auch eine Antwort erhalten?
Ich könnte, wenn ich wollte.
Du willst also nicht, lachte ich.
Das habe ich nicht gesagt.
Also?
Vielleicht.
Nun gut, ich werde dich Enzian nennen.
Sie schaute mich fragend an.
Das ist eine Blume, die ganz für sich alleine und ganz hoch droben in den Bergen blüht. Und sie hat die Farben deines Kleides. Und deiner Augen auch …
Berge? Ich kenne nur einen Berg.
Den Himmel meinst du.
Ja. Von dort aus kann man so schön in den Himmel träumen.
Die Berge, von denen ich spreche, sind noch viel, viel höher. Sag, willst du mich morgen dort auf dem Himmel erwarten. Dann werde ich dir von den Bergen erzählen.

Und von der Blume? Enzian, sagst du, heißt sie ...
So plauderten wir fort und fort, und ich fertigte eine Skizze nach der anderen an. Sie betrachtete sie alle prüfenden Blickes. Sagte aber nichts dazu, was mich ein wenig enttäuschte. Jeder Künstler möchte gerne gelobt werden.
Dann erschrak ich, als ich gewahr wurde, wie weit die Sonne sich bereits zu neigen begann. Bestürzt sprang ich auf die Füße.
Ich muss fort, sagte ich.
Nein, bleib, sagte sie, und eine große Enttäuschung malte sich auf ihrem Gesicht aus.
Dann wieder erschien ein Lächeln darin.
Ich könnte mein Pferd rufen, sagte sie, es grast bestimmt unten auf den Wiesen am Fluss. Ich könnte es rufen, und es würde dich nach Hause bringen.
Ich musste an die mahnenden Worte meiner Wirtin denken. Es würde gewiss zu lange dauern, bis ihr Pferd hier eingetroffen wäre. Schweren Herzens musste ich ihren Vorschlag ablehnen.
Dann verrate ich dir auch nicht wie es heißt, sagte sie, und machte einen Schmollmund.
Das hättest du ja doch nicht, versuchte ich zu scherzen.
Hätte ich wohl. So traurig sah sie aus dabei.
Es tat mir so leid. Ich wusste, sie hätte fast alles getan, um mich zum Bleiben zu bewegen. Womöglich hätte sie mir nicht nur den Namen ihres Pferdes sondern sogar ihren eigenen verraten. So weit wollte ich es nicht kommen

lassen. Und bestand erneut auf meinem Aufbruch. Ich raffte meine Sachen zusammen. Es tut mir so leid ...
Doch sie blickte in die andere Richtung, auf den See hinaus. Etwas, das sie sagte und wie ´unwirsch´ klang, konnte ich auffangen.
Dass sie mich für unwirsch hielt, es brach mir beinahe das Herz. Doch ich musste gehen.
Wirst du mich morgen auf dem Himmel erwarten? fragte ich.
Es kam keine Antwort.
Traurig begab ich mich auf den Heimweg.

Die alte Dame erwartete mich mit bangem Blick am Gartentürchen.
Du bist spät, sagte sie.
Aber nicht zu spät, erwiderte ich.
Du hast sie also getroffen?
Du kennst sie?
Sie ist mir wohlbekannt.
Dann wirst du gewiss auch ihren Namen kennen.
Sie hat ihn dir nicht genannt?
Das hat sie nicht, nein.
Dann darf ich dir auch nicht davon sprechen. Es liegt an ihr, diese Entscheidung zu treffen.
Ich habe sie vorläufig Enzian genannt.
Enzian? Die alte Dame lachte. Nimm dich in Acht.
Das werde ich.
Denke daran, was ich dir sagte: Bewahre dein Herz.

Und wenn ich es nun verschenken wollte?
Es würde deinen Untergang bedeuten.
Nein, sagte ich entschieden, und ich meinte es sehr ernst. Nein, das denke ich nicht.

Der Heimweg ist schön. So ganz mit mir allein. Selbst Epona 2 darf, ohne von mir gestört zu werden, weitergrasen.

Mir fällt auf, dass so ein Klingen in der Luft liegt. Ich werde versuchen die einzelnen Töne nachzuahmen.

Es sind fünf Töne, die sich immer wiederholen. Und zwei, die man schlechter treffen kann. Sieben Töne brauch ich also, dass die Luft singt. Ich summe sie mit.

Da vorne der kleine Schmetterling hat sich gerade auf eine unscheinbare Blume gesetzt. Sie wird durch ihn verschönt. Aber nein, das stimmt nicht. Die Blume ist auch ohne Schmetterling schön.

Da vorne liegt ein wunderschöner Findling. Er ist mein Lieblingsstein und hat einen Namen.

Silex heißt er. Ich hab ihn etwas ärgern wollen. Er ist ja kein Kieselstein. Aber er hat meinen Spaß nicht übelgenommen.

Jedesmal wenn ich ihn sehe, schreibe ich auf ihm. Mit einem Pinsel. Den hab ich hinter seinen Riesenrücken gelegt. In der Nähe ist ein kleinerer Tümpel. Ich hole mir etwas Wasser mit der kleinen Schale, in der der Pinsel liegt.

Und dann geht es los. Ich tauche den Pinsel ins Wasser und male Buchstaben auf den Stein. Und dann verwandelt die Sonne alles ins Unsichtbare. Sie verdunstet das Wasser. Und alles sieht aus wie vorher.

Wenn ihr also lesen wollt, was ich so schreibe, müsst ihr gleichzeitig mit mir hier sein. Dann könnt ihr meine Botschaften lesen, ehe sie verschwinden.
Ich finde es ganz schön krimimäßig. Die Botschaften verschwinden.
Es gibt doch so eine Ballade von Chamisso, da bringt die Sonne ein Verbrechen an den Tag.
Aber meine Sonne lässt etwas verschwinden. Das ist doch genial.
Heute schreibe ich auch etwas auf den Stein. Ich verrate es euch. 3xi, 1xc, 1xh, 2xb, 2xn, 1xv, 2xe, 1xr, 1xl, 1xt.
Habt ihr es herausgefunden?
Ich weiß, dass ihr mich versteht.
Wenn ein Feind kommen würde, bevor die Sonne es verdunstet hat, nehme ich Erde und verschmiere das Wasser auf dem Stein.
Einmal ist das erforderlich gewesen. Da kamen zwei Mädchen, die mich nicht leiden mögen. Sie wollten gerade anfangen zu lesen. Da hab ich schnell die Erde genommen.
Ich hatte einen nackten Mann gemalt, und eine nackte Frau. Und beide konnte man prima unterscheiden. Ihr wisst schon woran es lag. Ich muss jetzt noch lachen, wenn ich daran denke.
Gleich werde ich ins Moor gehen. Eigentlich gibt es ein Verbot dafür. Aber es schaukelt sich so gut auf dem Boden.

Auch das ist richtig krimimäßig. Ich muss nur aufpassen und nicht übermütig werden.
Nicht dass ich nicht mehr herauskomme, wenn ich einsinke. Aber es gibt einen Trick, den man anwenden kann. Doch natürlich kann so ein Trick auch mal versagen.
Ich passe schon auf.

Such dir ein Mädchen aus dem Dorf, hat die alte Dame gesagt.
Auf keinen Fall, erwiderte ich fast eine Spur zu grob.
Du wirst sonst enden wie ...
Ja? hab ich gesagt.
Da hat sie geschwiegen.
Und ich bin nach oben gegangen. In mein Atelier, wie ich es nun großspurig zu nennen begann.
Ich würde einmal mehr gründlich nachzudenken haben. Ich hatte es bitter nötig.
Sie war ein Wesen aus jener anderen Welt, von der mir die alte Dame gesprochen hatte, das war mir sonnenklar.
Und ich wunderte mich, mit welcher Selbstverständlichkeit ich bereit war dies als gegeben hinzunehmen. Vor wenigen Tagen noch hätte ich mich geweigert die Existenz einer solchen Welt und solcher Wesen überhaupt in Betracht zu ziehen.
Und nun – nun war ich drauf und dran mich in eines dieser Geschöpfe zu verlieben.
Wenn es nicht längst zu spät war.
Und am Ende, durchfuhr es mich mit Schrecken, wird sie gar noch unsterblich sein. Mich in eine Unsterbliche zu verlieben? Eine Unmöglichkeit.
Und doch, und doch – sollte sich eine Lösung finden lassen.

Ich ging noch einmal zu der alten Dame hinunter, einmal um mich zu entschuldigen, zum anderen um ihr meinen festen Entschluss mitzuteilen.
Sie nahm es ohne weiteren Kommentar zur Kenntnis. Stattdessen tranken wir einen Tee und sie hielt mir einen Vortrag über die Wirkungen des Mutterkorns.
Dann ging ich wieder nach oben und packte alles an Farben zusammen was ich an eigenen Beständen mitgebracht hatte und mir aus denen des verschollenen Malers noch brauchbar erschien.
Falls sie sich doch dort droben auf dem Himmel einfinden sollte, wollte ich ihr die Freude bereiten sie in den leuchtendsten Farben zu malen. Also würde ich auch eine Leinwand und die Staffelei mitschleppen müssen. Aber das war mir nun auch egal.

Und wieder träumte ich. Träumte von einer Brücke, die über einen breiten Fluss führte. Auf der einen Seite stand ich, auf der anderen sie. Doch wann immer einer von uns versuchte die Brücke zu betreten wurde er wie von unsichtbarer Hand zurückgestoßen. Du musst mich beim Namen nennen, rief sie mir zu. Aber wie soll ich denn, wenn ich ihn nicht kenne, rief ich zurück. Es war furchtbar. Wir konnten nicht zueinander finden. Dieser Traum muss mich in endlosen Wiederholungen die ganze Nacht begleitet haben, denn andern Morgens wachte ich wie gerädert auf.

Als ich zum Frühstück hinunterging hat es mir die alte Dame sofort an der Nasenspitze abgesehen. Ein böser Traum? fragte sie. Ein trauriger Traum, antwortete ich, aber daran lässt sich etwas ändern.
Dann ist es ja gut, sagte die alte Dame, sehr gut ist das. Und vielleicht gibt noch eine gute Nachricht für dich, ich habe dir nämlich eine Botschaft zu übermitteln. Sie will dich sehen, aber nicht dort auf dem Berg, sie hätte keine Lust darauf, hat sie gesagt, sondern beim großen Findling.
Wenn du statt ins Moor abzuzweigen geradeaus weitergehst kommst du an eine große Wiese. Da liegt ein kleiner Teich mittendrin, und nahebei wirst du den Stein finden, es ist nicht zu verfehlen.
Ich freute mich. Ich freute mich in doppelter Hinsicht. Sie wollte mich also sehen – wie schön! Und ich würde mich mit meinem schweren Gepäck nicht den Berg hinauf zu schleppen haben.
Siehst du, freute sich die alte Dame mit mir, wie es sich manchmal glücklich fügt.

Als ich mich schließlich auf den Weg begeben wollte, machten die kleinen Kätzchen Anstalten sich mir anschließen zu wollen.

Die alte Dame nickte mir zu. Keine Sorge. Sie finden sich ohne weiteres zurecht.

Also waren wir zu dritt. Für mich, mit der schweren Staffelei auf dem Rücken, ging es nicht so schwerelos wie am gestrigen Tag, dafür fanden der Schwarze und die Rote umso mehr Vergnügen an der Wanderung.

Es war, wie die alte Dame mir versichert hatte, leicht zu finden. Die Wiese war wunderschön. Solch eine Blütenpracht. Und auch sie, sie sah ich schon von weitem auf dem großen Stein sitzen. Auch die Kätzchen hatten sie bald ausgemacht und stürmten auf sie zu.

Als auch ich schließlich anlangte, bot sich mir ein bezauberndes Bild. Sie schienen sich zu kennen, die drei. Wie ausgelassen sie miteinander spielten.

Komm, sagte sie schließlich in freundlichem Ton und erhob sich, leg deine Sachen ab. Und dann setz dich zu mir auf den Stein und erzähle mir von den hohen Bergen und der Blume, dem Enzian.

Auch heute wieder trug sie dieses herrliche blaue Kleid. Oder war es doch ein anderes? Ein anderes Blau? Wiederum schien ich meinen Augen nicht trauen zu können.

Ich versuchte mich zu bezwingen und erzählte ihr vom Gebirge und den Wunderdingen, die dort zu finden waren. Ich gab mir rechtschaffen Mühe damit.

Doch sie legte ihr Köpfchen schief und sah mich zweifelnd an. Die Berge von denen du erzählst, wollen mir gar nicht gefallen, sie erscheinen so schroff und so karg. Und dieses Blümelein, der Enzian, mag bleiben wo er will.
Weißt du was, sagte sie dann, und strahlte über das ganze Gesicht. Ich werde dir doch meinen Namen verraten. Er ist so viel schöner als alles andere.
Und sie erhob sich und flüsterte ihn in den Wind: *Gjóla!*
So heiße ich.
Und ich war ganz benommen. Auch ich flüsterte den Namen vor mich hin: Gjóla! Wie schön, wie schön. Was für ein schöner Name.
Nicht wahr, sagte sie und setzte sich wieder neben mich hin. Sag, wirst du den Namen für mich malen?
Den Namen, fragte ich verwundert, aber wie soll man denn einen Namen malen können?
Oh, sagte sie, und es lag eine große Enttäuschung in ihrer Stimme. Sag nicht, dass du keinen Namen malen kannst.
Doch, stammelte ich, doch, ich will es versuchen.

Ich habe mich gerade etwas gefragt. Und das ist immer so eine Sache. Ich frag mich nämlich immer dann, wenn es wahrscheinlich keine Antwort gibt.
Es ist fürchterlich. Ich weiß.
Aber es ist ja so:

1. hier ist niemand, den ich fragen kann.
2. ich weiß nicht, ob man überhaupt jede Frage beantworten kann.
3. wenn es keine Antwort gibt auf meine Frage, wie kann ich das herausfinden.
Ich suche stundenlang nach einer Antwort. Dabei gibt es keine. Es wäre also pure Zeitverschwendung. Oder, womöglich muss ich nicht stunden- sondern tagelang suchen!

Ohjeh! Sehr schwierig.
Ich verrate euch die Frage.

Kann man Liebe verstecken?

Hihi, ich höre schon jemanden kichern.
Ich meine es aber Ernst.
Denn wenn man Liebe verstecken kann, kann man sie auch finden.
Manchmal höre ich von Menschen, die keine Liebe finden können.
Ich weiß natürlich nicht, ob sie lange genug gesucht haben. Und wo. Sie wissen bestimmt auch nicht, ob Liebe versteckt sein kann.

Und darum ist meine Frage enorm wichtig. Ich liebe zum Beispiel den Himmel. Er ist nicht versteckt. Ich muss ihn nicht suchen. Ich sehe ihn.

Ob es zwei Arten von Liebe gibt?

Es könnte sein. Eine, die versteckt ist und aus dem Versteck geholt werden muss, und eine, die immer sichtbar ist.

Und, ihr wisst es längst, warum ich auf diese Frage gekommen bin ...

Ich flüstere, damit nur ihr es hören könnt.

Der Maler.

Er lebt in seiner Welt. Ich bin ja ein Wesen aus einer anderen Welt. In meiner Welt gibt es aber Milliarden Möglichkeiten. Unter anderem kann ich mich in die Menschenwelt hineinbeamen.
Das ist ungeheuer praktisch. Es macht mir nichts aus, menschlich zu sein.
Aber wenn ich will, ziehe ich mich in meine eigene Welt zurück.
Wenn der Maler da ist, bin ich jedenfalls immer Mensch.
Ich muss ihn unbedingt nach seinem Namen fragen. Dann weiß ich besser ihn zu unterscheiden von den anderen Malern.

Maler, das Wort hat ja nur einen allgemeinen Sinn.
Aber mein Maler hat einen besonderen Sinn, deswegen muss ich wissen, wie er heißt.

Einen Namen malen ...
Eigentlich sollte das gelingen. Ein Name ist doch wie ein Bild, das vor deinen Augen entsteht.
Gjóla.
Allerdings, und andererseits, wie wäre es, wenn ich den Fritz oder die Käthe zu malen hätte. Welche Käthe und welcher Fritz sollte das denn werden?
Ja, der Fritz aus soundso, und die Käthe von dortunddorther. Aber wenn dann nun ein anderer Fritz käme? Und der würde sagen: Aber das bin doch gar nicht ich. Was dann? Nein, so konnte das nicht gehen. Von dieser Seite aus durfte das nicht betrachtet werden.
Also ganz wahrscheinlich funktionierte es überhaupt nur bei jemandem der Gjóla heißt.
Ja, so würde es wohl sein. Und auch nur auf sie sollte ich meine ganze Aufmerksamkeit lenken, mehr noch, meine Sinne, mein ganzes Fühlen, nur so mochte es gelingen.
Eigentlich ist es doch ganz einfach ... ich bräuchte sie nur zu malen, wie sie da sitzt ...
Oder wenn sie eine Blume wäre? Und eifersüchtig auf den Enzian?
Und wenn am Ende gar die Kätzchen sich ins Bild verirrten ...
Und ich sitze hier rum und starre Löcher in die Luft. Sie schaut mich erwartungsvoll an. Und ich bin täppisch. Darauf läuft es doch hinaus.
Also ich fange einfach mal an und versuche ihre Gestalt einzufangen.

Nein, das geht gar nicht. Fangen lassen lässt sie sich nicht.
Auch mit festhalten ... also – nein.
Keinesfalls.
Ich versuche es mit einem flüchtigen Entwurf.
Der mir nicht gelingt. Nicht gelingen will. Ich ziehe die Stirne kraus.
Sie ist vom Stein heruntergesprungen und bückt sich ins Gras.
Nun kommt sie zu mir, um mir einen Grashüpfer zu präsentieren, der ganz mit sich zufrieden scheint und ihr auf dem Zeigefinger sitzt.
Kaum sieht er mich, springt er fort.
Ich komme mir mehr als täppisch vor.
Was ist denn die Steigerung von täppisch, bitte sehr?
Mein Entwurf findet keine Gnade. Die Aufnahme ist mehr als verhalten.
Was soll das denn nun wieder heißen?
Na, warte nur, dir werd ichs zeigen.
Dann werde ich eben einen Himmel malen, sage ich.
Ich muss gleich weg, sagt sie.
Wie jetzt?
Mein Pferdchen wartet auf mich. Und vielleicht kommt meine Schwester noch vorbei.
Was denn jetzt? Was für ein Pferdchen, und was für eine Schwester? Eine Schwester hat sie auch?
Mir wird ganz nebelig zumute. Und mulmig wird mir auch.
Und der Himmel?

Den male du. Und vergiss die Wiese nicht dazu, hörst du?
Und da ist sie schon weg. Da ist sie schon fortgesprungen.
Und wo sind eigentlich die Kätzchen geblieben?

Ich denke an Frau Habedank. Und wüsste gerne woher sie ihre Klugheit hat.
Und etwas ganz Wichtiges geht mir dazu im Kopf rum.
Wenn man klug ist, redet man dann auch mit dummen Menschen?
Oder, ist man klug, weil man sich nicht mit dummen Menschen unterhält?
Oder unterhält man sich mit dummen Menschen, damit man sieht, wie klug man selber ist?
Oder ist man nur klug, weil andere sagen, dass man es sei?
Und wann ist man denn dumm?

Der 'Maler ohne Namen' kann meinen Namen nicht malen. Er hat es so oft versucht. Ich war schon echt mitleidig.
Aber dumm ist er ja deswegen nicht.
Er hat mich nicht begriffen.
Das ist etwas ganz anderes. Ich glaube, er war wütend beim letztenmal.
Er hat mir eine Skizze nach der andern gezeigt. In keiner konnte ich mich erkennen. Ich wollte ihn ja nicht anlügen.
Darum hab ich nicht viel gesagt.
Wenn er mich nicht begreift, ist es schlecht. Für ihn und auch für mich.
Darum bin ich nicht lange bei ihm geblieben.
Er wollte den Himmel malen. Und ich habe ihm geraten, die Wiese auch zu malen. So ein kleiner Trost sollte es sein.

Wenn er den Himmel nicht hinkriegt, die Wiese schafft er bestimmt. Sie ist ihm ja näher.

Ahhhhhh, jetzt hab ich's!
Alles was einem nahe ist, kann man leichter malen. Weil man es begreifen kann.

Ach! Dann weiß ich Bescheid. Ich werde ihm ganz nahe kommen. Dann kann er mich begreifen und malen.

Das ist doch eine richtige Erkenntnis.

Und:
Es ist ein Bedeutungssatz.

Um etwas zu begreifen, muss es mir nahe sein.

Ich muss also in das Herz des 'Maler ohne Namen'.

So konnte das nicht gehen, sagte ich mir, als ich am anderen Morgen erwachte.
Nein, geträumt hatte ich nicht. Nicht dass ich wüsste.
Und Schluss. Mir reichte es. Reichte es mit mir. Ich sollte mich doch beflügelt fühlen. Und inspiriert und berauscht von der Landschaft. Die würde ich heute suchen. Und einer anderen aus dem Weg gehen.
Es ist etwas da, und das will. Die Frage ist, ob ich es kann, ob ich mich lösen kann von ihr. Ungelöst. Nein – losgelöst. Ungelöst ist eine Frage. Ob sie mich finden kann? Das ist gewiss. Ob sie mich suchen mag ein anderes Ding. Unlösbar. Unerforschlich. Unergründlich. Ob man so malen kann? Mit solchen Gedanken im Kopf? Ich werde es herauszufinden gehen. Nur – wohin? Ich glaube, ich werde den Weg um das Moor herum wählen, zum Fluss hinunter. Jawohl, das mache ich.

Ich nahm mir noch einmal das Bild von gestern vor und hängte es an den Nagel.
Ja, ich hatte es gemalt, als sie mich verlassen hatte. Den Himmel und die Wiese darunter. Die Wiese war mir gut gelungen. Der Himmel? Nein. Sie würde nicht mit mir zufrieden sein. Zweifellos würde ich es ihr vorzuführen haben. Sie würde gewiss darauf bestehen. Wenn sie es nicht längst vergessen hätte. Und mit ihren Gedanken ganz woanders schwebte.

Aber – halt! Aber – nein! Ich wollte ihr doch gar nicht begegnen.
Ach, und eigentlich möchte ich sie doch so gerne sehen. Und begreifen lernen. Aber – nein, ich werde bei meinem Vorsatz bleiben.

Frau Habedank hat mich ganz mitleidig angesehen beim Frühstück. Ich musste ihr wohl sehr verwirrt vorgekommen sein als ich gestern nach Hause kam.
Sie hat aber gestern nichts gesagt, auch heute sagt sie nichts. Sie weiß, dass ich verwirrt bin. Sie lässt es mich alleine austragen, und das heißt, dass sie es mir zutraut. Ich weiß nicht, ob ich es mir zutraue.
Ich werde mich heute in Bescheidenerem üben, bevor ich mich wieder an den Himmel wage.
Du liebe Güte! Ich bin doch eben erst angekommen. Man darf sich doch keine Wunder erwarten. Nur, weil man Wundersames erlebt.
Bescheidenheit üben. Ein Baum kommt mir in den Sinn. Einen Baum sollte ich mir zum Vorbild wählen. Aus der Bescheidenheit heraus zu Höherem streben.
Doch war das überhaupt richtig gedacht? Nein. In der Kunst durfte es kein Bescheiden geben. Nur das Höchste galt es zu erreichen. Und womöglich gleich in einem großen Wurf. Dies anzustreben. Richtig. Das Höchste allein.
Heute nicht. Nein. Für heute sollte es bei der Bescheidenheit bleiben. Zeichnen und nach-

denken. Das Nachdenken nur ja nicht zu vernachlässigen. Nachdenken über sie. Es konnte ja doch kein Zweifel daran bestehen, dass sie mir nicht aus dem Kopf gehen würde. Also musste ein Kompromiss gefunden werden. Es sollte doch wohl ein harmonisches Zusammenfügen möglich und erreichbar sein.

Ich verabschiedete mich. Die Kätzchen mochten sich mir heute nicht anschließen. Also ich, alleine, unterwegs.
Meine Füße laufen sich prächtig.
Was für ein wundervoller Satz.
Zur linken das Moor, zur Rechten weite Wiesen. Ich fühle mich frei. Und so sollte ich ihr gegenübertreten. Wie denn sonst. Anders ginge es doch gar nicht bei einem solch luftigen Geschöpf.
Und natürlich werde ich sie malen. Und ihren Namen auch. Und einen Himmel dazu. Und es wird alles gut werden.
Wie der Fluss nur so gleichmäßig fließt. Als ob sich jedes einzelne Wassertröpfchen in einer großen Idee wiederfände.
Die schwarzen Segel der Kähne beeindrucken mich aufs Neue. Diese zu malen, dunkel abgesetzt vor einem späten Sonnenuntergang, dessen Rot sich zum Schwarz verschmilzt. Und doch greifbar, fassbar, so, dass es das Auge wissen wird.

Ich sitze unter einer Birke am Ufer, zeichne, skizziere, fühle mich wohl und aufgelebt dabei.
Da dringt mir ein fernes Rufen ans Ohr.
Ich schaue auf, ich blicke mich um – da war nichts, da war niemand.
Ich starre auf die glatte Wasseroberhaut, als könnte sie mir eine Antwort geben.
Und doch. Und drehe meinen Kopf ein weiteres Mal zur Wiese hin. Sie! Und neben ihr ein Pferd, in dessen Mähne ihre Hand geborgen liegt. Ein Pferd von rötlicher Farbe. Es scheint mir viel zu groß für sie zu sein.
Gjóla!
Und mein Herz tat einen Sprung. Und wie auch nicht.

Sicherer als jetzt war ich noch nie. Ich muss zu ihm hin. Sofort. Ich muss ihm so nahe wie möglich kommen.
Es ist, als ob mir die Bäume zunicken. Sie kennen mich und meine geheimsten Gedanken. Sie lassen mich ausruhen unter ihnen. Ich kann mit ihnen jubilieren, wenn sie anfangen ihre Winterhülle abzustreifen. Sie lassen mich sein wie ich bin.
Ich darf sie umarmen. Und wenn ich weine, trösten sie mich.
Und jetzt, ja, sie nicken mir zu.

Ich bin verliebt, und da ist etwas dazugekommen. Und ich muss wissen, ob es stimmt. Und es ist schön, ein Ziel zu haben.
Und ich rufe Epona 2. Dass sie mir die Zeit verkürzt. Bis zum Wiedersehen. Hoffentlich ist er noch da.
Aber ich bin mir sicher. Weil ich es fühle. Weil ich ihn fühle. Weil er schon beinahe vollständig in meinem Herzen ist.
Und dieses 'beinahe' gilt es auszufüllen.
Mein treues Pferd ist da. Ich reite zu ihm.

Eine Woche ist vergangen.
Es war eine Woche der Freude und des unbeschwerten Miteinanders.
Und ich hatte sie gemalt. In ihrem blauen Kleid.
Und es war mir gelungen. Es war nicht perfekt. Doch es war gelungen. Auch den Himmel begann ich verstehen zu lernen.
Und gestern Abend ist es dann geschehen.
Wir standen am Fluss. Und da war ein Sonnenuntergang. Und meine Hand tastete nach ihrer Hand. Und sie hat mir ihre Hand überlassen.
Dann küssten wir uns.
Und wir sind noch lange, lange dort am Ufer geblieben.
Ich will nicht mehr darüber sagen, als dass es eine große Seligkeit war.
Mitten in der Nacht hat sie mich heimwärts begleitet. Wir haben den Weg durch das Moor genommen. Ich wusste, dass ich mich ihr anvertrauen konnte.
Ihren letzten Kuss, den schmecke ich noch immer. Es war wie Brombeere mit Hyazinthe.

Nun sitze ich mit der alten Dame beim Frühstück. Es gilt eine Frage zu stellen und die Worte mit Bedacht zu wählen.
Damals, begann ich, als wir unter dem alten Baum saßen, im Moor, am großen See, es bist nicht du gewesen, die in den Sand geriet.

Ernst sah sie mich an, dann huschte ein Lächeln über ihr Gesicht. Nein, sagte sie, er ist es gewesen, der darin versunken ist, und ich habe ihm herausgeholfen.
Und bevor du deine nächste Frage stellst, will ich sie dir schon beantworten. Ich war es, die eine Entscheidung getroffen hat.
Ich nickte. Ja, meinte ich, ich hatte es mir gedacht. Und ob ich noch zuwarten sollte, fragte ich hinterher.
Nein, sagte sie mit Bestimmtheit, du solltest es nicht auf die lange Bank schieben.
Wiederum nickte ich.
Gestern Abend noch habe ich überlegt, ob es nicht besser wäre gleich einen dieser Kähne mit den schwarzen Segeln zu besteigen und mich zur Stadt zurückbringen zu lassen.
Es wäre dumm und falsch gewesen. Es hätte ihr wie mir das Herz gebrochen.
Ich werde ihr die Frage vorlegen. Und wenn sie sich anders entscheidet, werden wir uns immerhin gegenseitig trösten können.
Ich, für mein Teil, könnte in ihrer Welt nicht bestehen. Ich habe lange darüber nachgedacht. Im Anfang erscheint es verführerisch. Die ewige Jugend und das ewige Leben. Doch sind wir Menschen dafür geschaffen? So oft haben wir uns diese Frage vorgelegt, und es weiß sie doch keiner zu beantworten.
Vielleicht, wenn ein kleines Kind in diese andere Welt überträte, dann möchte es gelingen. Doch

wenn wir älter sind, dann haben wir schon zu viel Endlichkeit in uns eingelebt. Nein. Ich könnte dort nicht glücklich werden.
Die alte Dame wiegte den Kopf. Es ist eine andere Art von Liebe dort.
Ich weiß, sagte ich, oder vielmehr, ich kann es mir denken, erahnen. Doch gerade darum. Die Liebe, die mir vorschwebt, ist ohne Endlichkeit nicht zu denken. Es wäre doch sonst kein Sehnen, kein Verlangen nach Glück, nach Erfüllung. Doch mag es an der Beschränktheit des Menschen liegen.
Und glaube nicht, dass ich von ihr verlange, sich für meine Welt zu entscheiden, ich will es nicht einmal erwarten.
Doch will ich nicht ohne ein Hoffen im Herzen gehen, darum, bevor ich nun aufbreche, möchte ich eines noch von dir wissen: Bist du glücklich geworden?
Die alte Dame sah mich lächelnd an.
Ja, sagte sie, ja, ich bin glücklich geworden.
So besteht also Hoffnung?
Es besteht immer Hoffnung.

Es ist etwas Zeit vergangen, und ich erzähle euch gerne davon. Weil es eine so wunderschöne Zeit war mit ihm. Er hat mich gemalt. Ich habe mich so sehr gefreut. Es ist ihm gelungen. Ich war mir total ähnlich.

Und seinen Namen hat er mir gesagt. Nur darum konnte es was werden mit uns. Aber euch verrate ich seinen Namen nicht. Das muss er selber machen.

Und gestern Abend haben wir uns geküsst. Ich kann es gar nicht beschreiben, wie es war. Seine Küsse schmecken jedenfalls richtig gut. Und ich hätte am liebsten gar nicht mehr aufgehört.

Wisst ihr wie es ist, wenn man richtig glücklich ist?
Das wisst ihr bestimmt.
Man hat gar keine großen Sorgen mehr. Höchstens ein paar kleinere. Aber die findet man dann nicht so schlimm, weil ja das Glück stärker ist.
Manchmal hält das Glücklichsein nur kurz an. Dann war es nicht das ganz große Glück. Denn das hält an solange man lebt.
Ich möchte so gerne das große Glück haben. Das bedeutet, dass ich immer mit ihm zusammen bin.
Da, wo ich herkomme, wäre es perfekt. Dort lebt man ewig, und man bleibt jung. Aber das

Problem ist, dass er ja nicht mehr jung ist. Ob er sich vorstellen kann dort zu leben?

Für mich ist es einfacher. Ich beame mich in seine Welt. Und versuche mit ihm zu leben. Dann hab ich ihn immer bei mir. Dann ist er mein großes Glück. Meine Liebe ist er dann. Ich fühle, dass es mehr geworden ist bei mir.
Mehr als verliebt sein. Ich liebe ihn.
Wir sind gleich verabredet. Hoffentlich sagt er: ich liebe dich, du bist mein Glück.
Denn das sag ich zu ihm, wenn er kommt. Du bist mein Glück. Ich liebe dich.

Ja, wie sollte ich mich nicht freuen, wie sie mir in die Arme flog! Diese Liebe und Zartheit in ihrem Blick. Und ich wusste von diesem Moment an, dass ich es nie, niemals tun konnte. Frau Habedank, ja, es mochte wohl ein anderes, ein mehr dem irdischen zugeneigtes Naturell in ihr wohnen, schon immer in ihr geschlummert haben, doch bei Gjola war alles ganz anders. Sie eignete sich nicht für die grobschlächtige menschliche Welt, sie gehörte dieser anderen an, in der sie lebte, und nur in der sie aufgehen, aufblühen, ihr ganzes Inneres entfalten konnte, ganz und gar.
Nein. Niemals. Ich durfte ihr die Frage nicht vorlegen. Ich konnte, ich durfte ihr die Freiheit nicht rauben. Sie sollte bleiben wie sie war, ein Kind der Luft, der sanften Brisen. Ein Wesen, dem ich mich mit ganzem Herzen zugeneigt fühlte.
Doch auch ich würde bleiben was ich war, konnte es nicht anders, konnte meine Haut nicht abstreifen, und doch wollte ich bei ihr sein, sie begleiten solange es mir möglich war.

Die alte Dame und ich saßen beim abendlichen Tee. Sie hielt den Schwarzen, ich die Rote auf dem Schoß. Beide Katzen schnurrten in Zufriedenheit.
Wenn ich einmal fortgehe von dieser Welt, bemerkte sie, werde ich dir das Haus und allen meinen Besitz hinterlassen.

Das wird ja doch hoffentlich noch seine Zeit haben, lächelte ich ihr zu.
Gewiss, sagte sie, und gab mir das Lächeln zurück, ein wenig wirst du mich wohl noch zu ertragen haben, doch ich werde vor dir gehen, und auch du wirst älter werden, vergiss das nicht.
Wie denn, entgegnete ich. Ich werde von Zeit zu Zeit einen dieser Kähne mit den schwarzen Segeln besteigen, um in der Stadt meine Bilder zu verkaufen, und eines Tages, wenn mir eine Ahnung kommt, dass ich ihr nicht mehr gefallen könnte, dass ich zu unansehnlich geworden bin, werde ich von dieser Reise nicht mehr zurückkehren.
Doch bis dahin, tröstete mich die alte Dame, werden noch viele Jahre ins Land gehen. Und es werden Jahre des Glücks.

Mit Illustrationen von Eike M. Falk